水しか出ない
神具【コップ】を
授かった僕は、不毛の領地
好きに生きる
事にしまし
4
Nagao Takao
長尾隆生
Illustration：もきゅ

シアン
本作の主人公。
水しか出ない役立たずの
神具【コップ】を授かったせいで、
不毛の領地に追放
されてしまう。
ヘレン
シアンの気高い元婚約者。
婚約破棄後も一途に
シアンを想う。
バタラ
心優しい町娘。
寂れた町を復興しようとする
シアンの助けとなる。
シーヴァ
見た目は犬だけど、
その正体は大魔獣。
モフられるのが好き。
Main Characters
主な登場人物

ウェイデン
モーティナの夫。
シアンと同様、加護が原因で
王都を追放された。
モーティナ
大エルフで頼れるシアンの師匠。
エリアエルとは因縁が……？
エリアエル
誇り高いエルフ族。
若くして長老会の一員に
選ばれる実力者。
フィーミア
伝説の魔獣、火炎鳥の雛。
親鳥と死別しシアンが
育てることに。

第一章　魔晶石《ましょうせき》と女神像と

僕、シアン＝バードライは女神様から水しか出ない神具【コップ】を授かり、実家の大貴族家に見放されて不毛の領地、エリモス領に追放されてしまった。

失意のなかにいた僕だったが、領民たちの笑顔を守るため、癖はあるけど有能な家臣たちと共に不毛の大地に恵みを取り戻すことを決意する。

魔獣《まじゅう》シーヴァやドワーフ、そして伝説の種族である大エルフも仲間に加え、僕たちは砂漠の領地を緑溢れる地にするために様々な計画を進めていった。

そして根本的な水不足を解決するべく、大陸を二つに裂《さ》く巨大な渓谷《けいこく》の主《ぬし》であるセーニャに会いに行き、彼女の力を借りて水源を取り戻すことに成功したのだった。

その後町へ帰った僕は、待ち構えていた元婚約者のヘレンやモーティナ師匠に驚きながらも、この領地に住む人々を幸せにするため新たな計画を考え続けている。

◇　◇　◇

「というわけで、久々にシーヴァのダンジョンにやってきたわけだが」

僕は現在、僕の婚約者であるヘレンとハーフドワーフで家臣のルゴス、数人のドワーフやデゼルトの町民たちと共に、魔獣シーヴァが作ったダンジョンを訪れていた。

「何が『というわけで』なのかまったくわかりませんわ」

ヘレンが呆れたような視線を向けてくるが、気にしない。

今日、僕たちがダンジョンにやってきた理由。それは獣人《じゅうじん》族の結婚式と町娘であるバタラの成人の儀《ぎ》に使う、新しい女神像の素材を集めるためだ。

「そういえば大渓谷の帰り道から、シーヴァの姿を見ていないな」

僕はふと思い出し、そう呟《つぶや》いた。

大渓谷の主であるセーニャを訪ねて帰る途中、デゼルトの町が見える頃までは一緒にいたはずなのだが。もしかすると僕たちと町に向かわず、直接このダンジョンに向かったのかもしれない。

なんせデゼルトに着いてからは、突然やってきたヘレンや僕の恩師であるモーティナ師匠のことでいっぱいいっぱいだったから、シーヴァのことを考えている余裕がなかった。

「それで、シーヴァさんは本当にこんなところにいらっしゃるのですか？」

ヘレンはそう言いながら周りを見回し首を傾げる。

本来のシーヴァは恐ろしい姿をした強力な魔獣だが、町の人たちに可愛がってもらうため、デゼルトではデザートドッグという動物のふりをしている。僕を待っている間、町のみんなからシーヴァの話を聞いていたヘレンも、例外なく彼をデザートドッグだと思っているはずだ。

そんな子犬のような可愛らしいシーヴァが、この危険なダンジョンにいることが信じられなくても仕方がない。

「ここがシーヴァの育った場所だからね。たまにふらっと帰っちゃうんだよ。だから今回もここにいるとは思うんだけど……」

僕はヘレンに彼の正体が悟られないよう、苦し紛《まぎ》れの嘘をついた。

「そうなのですね。小さくても魔獣ですから、やはり普通の子犬とは違うのですわね」

ヘレンは、少し疑問に思いながらも納得してくれたようである。

お嬢様育ちで、あまり外の世界を知らないことが幸いしたようだ。

僕はシーヴァとある約束を交わしている。それは、女性には絶対に彼の正体を明かさないというものである。なぜ、彼がデゼルトの町でそこまでして自分の正体をひた隠しにしているのかというと、結局のところ女の子にチヤホヤしてほしいからに他ならない。

「ただ単に女の子たちにナデナデしてもらいたいだけなんだろうなぁ」

思わずそう声に出すと、隣にいたヘレンが恥ずかしそうに答えた。

「シアン様……もしかして私にナデナデしてほしいですの？　そ、それでしたら今から膝枕《ひざまくら》をして……」

僕の呟きの一部を聞いて勘違いしたのか、ヘレンは顔を赤らめてもじもじしながら、頬《ほお》に手を当ている。ヘレンの申し出は嬉しくないわけではないけれど、今この場には僕と彼女だけではなく、ルゴスやドワーフのティンとタッシュ、そして狩りのためにやってきた数人の町人がいる。

この衆人環視《しゅうじんかんし》の中では、さすがに頷《うなず》くわけにはいかない。

一部の者たちは、露骨《ろこつ》にこちらから目をそらして気を利《き》かせているつもりらしい。よけいな気遣《きづか》いである。

「いや、ほら今はみんなが見てるから。それに撫《な》でてほしがっているっていうのはシーヴァだよ」

「では屋敷でならよいのですね？」

「いやいやいやいや、そういう意味じゃなくて」

周りからの視線に耐えながら、彼女の勘違いを正すためにシーヴァの習性について説明する。

その間も後ろから囃《はや》し立てるような声が聞こえてくる。

全員わかっていて、面白半分に煽《あお》っているのだから質《たち》が悪い。先頭になってからかいの声を上げているのはルゴスだ。僕はその一団に目を向けると、大きな声で彼の名を呼んだ。

「ルゴス！」

「なんですかい坊《ぼっ》ちゃん。我々は少し席を外した方がいいですかね？」

「ルゴスは今回の仕事のあとの打ち上げで飲酒禁止だ」

「そりゃないですぜ坊ちゃん」

ハーフドワーフで酒好きの彼は、その一言に目に見えて狼狽《ろうばい》する。

「禁止されたくなかったら、さっさと女神像の素材を集める準備をするように」

既《すで》に馬車から必要な機材は降ろしてある。あとはそれを所定の位置に持っていけば準備完了だ。

「用意ができ次第、すぐにでもシーヴァのところに行くからね」

その言葉を聞いて、ルゴスは慌ててダンジョンの入り口近くに仕事道具を持って走っていく。

そのあとをドワーフたちと数人の町人が追いかけた。

僕がこの地にやってきたのは、いつまでもデゼルトに帰ってこないシーヴァを探すためではなく、ここでしか手に入らない素材を入手するため。女神像の素材のうち、デゼルトの町周辺や、タージェルを通した交易《こうえき》では、どうしても手に入らないものがある。

かつて僕が、実際に会った女神様を模《も》してルゴスに作ってもらった『本物の女神像』は、確かに素晴らしい出来ではあったが、あれと同じものでは成人の儀には使えない。

なぜなら——

「特殊な素材が必要なんですの？」

僕の説明に対し、ヘレンが不思議そうに首をかしげる。

「うん。僕たちが成人の儀の時に祈りを捧《ささ》げた特別な女神像があったろ」

「王都の『大聖堂《だいせいどう》』にある女神像ですわね。確かに他のものとは違うように感じましたけれど」

「あれはね。実は国中にある『偽物の女神像』とは違う素材で作られているんだ」

「それは気がつきませんでしたわ」

「わからなくても仕方ないよ。僕も王都の図書館にある、王族と大貴族のみが閲覧《えつらん》できる書物で偶然知ったんだけどね」

　あの頃の僕は大貴族家の跡取りとして、書庫の本を読むことができる権利を持っていた。

　追放され辺境の地の領主となった今では、書庫どころか王立図書館すら門前払いされるかもしれないけれど。厳重に管理されていた書庫には、世には出回らない様々な記録が残されていた。

「そんな場所があることすら私は知りませんでしたわ」

「だろうね。僕も父上に教えてもらうまで存在を知らなかったから」

「お父様が……それでその書物にはなんと？」

　僕はその時の記憶を思い出しながら、儀式の間にある女神像に使われている特殊な素材についての記述を教えた。

「成人の儀で使用する女神像は、普通の石膏《せっこう》や木材じゃなく、今では王国内で採ることができないある結晶石によって作られていると書かれてたんだ」

「そんな特殊な素材がこのダンジョンにはあると？」

「ああ、むしろ今じゃここにしかないんじゃないかな。なぜならそれは大型の魔獣から採らないといけないからね」

「大型の魔獣から？」

　この国ではかつて、魔獣の大討伐が行われ、大型の魔獣は王国内から一掃《いっそう》されてしまった。

しかし、例外が存在する。それがこのダンジョンの最下層だ。

シーヴァが言うことには、このダンジョンのコアには龍玉《りゅうぎょく》が使われていて、最下層にある彼の部屋に置かれているという。

大渓谷の主であるセーニャが、自らの暴走を食い止めるために吐き出した魔素の塊《かたまり》、龍玉。それは常に周囲に魔力を放出している。ダンジョンには、その魔力にひかれて棲《す》みついた魔獣や、漏れ出した魔力によって生み出された魔獣が多く存在するらしい。

そして下層に行けば行くほど魔力は濃くなり、棲みつく魔獣も大きく、屈強《くっきょう》なものになる。

強力な大型魔獣が数多く棲息《せいそく》しているこのダンジョンの最下層は、まさに今回僕たちが手に入れたい素材を集めるのにうってつけの場所というわけだ。

「その大型の魔獣から採らないといけない素材って一体なんですの？」

僕の説明にしびれを切らしたヘレンが先を促《うなが》すように問いかける。

「ヘレンも聞いたことはあるはずさ――『魔晶石』という名前をね」

僕はヘレンの質問にそう答えた。

魔晶石。それは魔獣のような、主に魔素《まそ》をエネルギーとする魔生物《ませいぶつ》の体内で作り出される結晶体である。

この世界には、魔力の源《みなもと》となる魔素という目に見えない物質が空気中に存在している。

魔晶石は全ての魔生物の体内にあり、空気中の魔素を体内で結晶化し蓄積することで、本来であれば霧散《むさん》してしまう魔素を長期間保存することができる。

魔生物はそれを少しずつ使用することで、魔法を発動させているのだ。

書物によると、魔晶石についてこのように書かれているが、実際のところそのメカニズムはよくわかっていない。魔生物の研究は危険性が高く、王国でもほとんど進んでいなかった。

更《さら》に、大討伐によって国内の大型魔獣がほとんど狩り尽くされてしまったため、現在では研究が止まってしまっている。魔晶石について知ろうにも、今となっては過去の調査で得られた結果を元に推測するしかない状況だ。

魔晶石がなぜ大型の魔獣からしか採取できないのかは、簡単な話だ。通常、小型の魔生物は少量の魔晶石しか体内に持てない。更に、魔晶石は魔獣の体内から取り出され空気に触《ふ》れると元の魔素に戻っていってしまうため、少量の魔晶石だと、加工する前に全て魔素に戻ってしまうのだ。そういうわけで、女神像が作れるほどの大きさの結晶を手に入れようとすると、ある程度大きな魔獣を討伐する必要がある。

そのままでは空中に霧散してしまう魔晶石だが、適切な処理をすれば大気中に溶ける前に保管することができる。その保管方法も、書庫の奥で読んだ女神像製作秘話に書かれていた。

「坊ちゃん、準備ができましたぜ」

ダンジョンの入り口近くから、大きな声でルゴスが僕を呼ぶ声が聞こえてきた。

少し息切れしているのは、僕が急《せ》かしたせいだろうか。

ドワーフの血を引く彼にとって、やはり禁酒は絶対に避けたいことだったのだろう。

「すぐ行くよ」

「それでは、私もお供します」

「いや、この先は危険だからヘレンは地上で待っていてくれないか」

前回シーヴァに初めて会いに行った時はダンジョンに穴を開け、最下層まで一気に降りることができた。だが今回も上手くいくとは限らない。最悪、下降中に強力な魔獣と戦うことになるかもしれないのだ。そんな危険な場所に、ヘレンを連れていくことはできない。

「あら。私、シアン様より強いですわよ」

「……確かに君が女神様から授かった力は、僕よりも戦闘向きかもしれないけど」

ヘレンが女神様から与えられた加護【螺旋《らせん》】は、風の力を操り、小さな渦《うず》を空気中に作ることができる。でも僕の記憶にある彼女の能力は、近くにいる人の足元を搦《から》め捕《と》って転ばせる程度の威力しかなかったはずだ。

「自分の身くらい自分で守れますわ。それに、この土地に来てからというもの、なぜか女神様からいただいた力が強くなっていますの」

「力が強く？」

「ええ。今までも女神様からいただいた加護は、私の成長と共に少しずつ強くはなっていたのですけれど」

そう言って、ヘレンはしなやかな指をゆっくりと前方の地面に差し向ける。

「見ていてくださいまし」

彼女がそう口にすると、地面の砂が舞い上がり、渦を創り出した。

渦は徐々に大きくなり、やがて上に向かって円錐状《えんすいじょう》の竜巻《たつまき》と化した。

僕の知る限り、彼女の【螺旋】はこれほど強力ではなかったはずだ。

「確かに昔とは見違えるようだね」

「でしょう？　更にこうすれば」

ヘレンは指先を僕の足元に向け、「えいっ」と可愛らしいかけ声をあげた。

「うわっ」

彼女のかけ声に合わせるように、僕の足元から砂が螺旋状に巻き上がる――

「ぐっ……なんだこれ。動けない」

砂の渦は一瞬で僕を包み込み、そのまま拘束するように身体を締め上げた。

「シアン様が戻ってくるまでの間に編《あ》み出した技です。命名するとすれば【拘束螺旋《こうそくらせん》】ですわね」

足元を搦め捕る程度だった力が、しばらく会わないうちにここまでになっていたとは。

ヘレンが先ほど言ったことが本当ならば、この地にやってきてから加護の力は更に強まったらしいけれど、一体どういうことなのだろうか。

「君の力はわかったから、もうそろそろこの拘束を解いてくれないか」

ヘレンの【拘束螺旋】は動きを封じるだけでなく、回転が常に加えられているため地味に痛い。

この状態を延々と続けられたら、最悪の場合服が破れ皮膚《ひふ》が裂けてしまうだろう。

「あら。ごめんなさい。それでどうです？　私も一緒に連れていってくださいますわよね？」

「いやそれは……って、ぐっ。ちょっと今締めつけをきつくしなかった？」

「あら、ごめんなさい。つい力が入ってしまったようですわ」

絶対わざとだ。だけど、どうして彼女はそこまでしてついてきたがるのだろう。

このダンジョンへ来る時に、バタラやラファムたちと一緒に町で待っていてくれと頼んだが、無理やり押し切られる形で同行を許すことになった。

結婚式と成人の儀の準備があるからその手伝いをお願いしようとも思ったのだが、なぜかラファムとバタラにまでヘレンを連れていくようにと説得されたのだ。

砂上馬蹄《さじょうばてい》と馬車用の砂上車輪《さじょうしゃりん》が完成していたおかげで、道中は今までより格段に楽になったし、早く到着することができたものの、馬車の乗り心地は悪く、お嬢様育ちのヘレンにとってはかなり辛《つら》かったはずである。現に時々「お尻が痛いですわ」と呟いて、座る場所を変えたり、ラファムからもらった特製クッションを何重にも敷いたりして過ごしていたわけで。

僕は改めて、ヘレンがここまで意固地《いこじ》になる理由を問うことにした。

「ヘレン。君はどうして今回の危険な素材回収にそこまでこだわるんだ？」

「……それは……」

「バタラたちに根回しまでしてさ。そこまでする理由があったんだろ？　それを教えてくれないか？」

僕が問いかけると、なぜか彼女は急に頬を染め、もじもじと僕から視線をそらす。

彼女の心情に反応してか、僕の体を拘束していた螺旋の渦が不安定になり消えた。

「ふぅ、助かった。それでヘレン、理由は教えてもらえないのかな？」

「……ですわ」

「えっ？」

「シアン様と一緒にいたかったからですわ」

「そんなの、大渓谷から帰ってきてからずっと一緒にいたじゃないか」

僕と一緒にいたいと思ってくれていることは、素直に嬉しい。

けれど、こんな危険な場所にまで同行したがる理由としては弱い気がする。

「そういうことではございません」

ヘレンは意を決したように語りだした。

「私、あのデゼルトの町でシアン様が帰ってくるまでの間、バタラさんやラファムさん、そして町の皆さんに色々とシアン様の話を聞いて回ったのです。そして、あることに気がついたのです」

「何に気がついたんだい？」

「私は皆さんと比べ、シアン様との思い出があまりに少ないということにです」

思い返せば、確かに僕とヘレンが直接会ったことは今までほとんどなかった。

貴族同士の許嫁《いいなずけ》というのは、結婚するその時までほとんど顔を合わせることがないのが王国の通例である。僕とヘレンが続けていた文通ですら、こんなに頻繁《ひんぱん》に連絡を取り合う貴族はいないと、ラファムにからかわれたくらいだ。だから、今まで彼女と過ごす時間が短いのを疑問に思ったことはなかった。だが、そうか。

僕はこの町に来てバタラと出会い、町の人々や家臣団のみんなと多くの時間を過ごした。楽しいことも苦しいことも、その時間の中でたくさんの思い出が積み重なり、かけがえのないものとなっている。

彼らの『思い出話』を聞いたヘレンは、自分にはそのような積み重ねがないと思ったのだろう。

バタラやラファムに自身の悩みを相談し、彼女たちの後押しを受けて今回の強行となったわけだ。

バタラたちが心配すると思って、魔晶石を手に入れるためとしか伝えてなかったのが失敗だった。

ダンジョンの最下層まで降りるだけでなく、そこに棲む強力な魔獣を倒しにいくなんて言ったら、彼女たちは僕の身を案じて大騒ぎしただろう。

この前ダンジョンを訪れた時はまったく危険はなかったから、観光旅行程度に思ったのかも。

それでもどうしてもついてくると聞かないヘレンを連れてきたのは、さすがに暗く深いダンジョンの中まではついてこないと思ったからだ。

この地で育ちダンジョンに親しみのあるバタラや、何が起きても顔色一つ変えないラファムならまだしも、お嬢様であるヘレンは危険なダンジョンを怖がるだろうと踏《ふ》んでいた。

しかし、その読みは甘かったようだ。まさか彼女が、ここまで食い下がるなんて。

ヘレンをこの場所に無理矢理置いていくことはできる。けれどそれは、これほどまでに僕への想いをぶつけてくれた彼女に心の傷を残してしまうかもしれない。

僕は、少し離れたところで狩りの準備をしている町民たちと、下手に口出しできず困っているルゴス、そしてダンジョンの入り口で待っている二人のドワーフを見て、視線をヘレンに戻した。

「わかったよ。だけどこれだけは約束してほしい。地下に入ったら僕の指示を絶対に守ること。そして僕が危険だと判断したら君だけでも強制的に地上に戻す。いいね」

僕の言葉に無言で頷き、ヘレンは泣き笑いのような表情を浮かべる。

僕は彼女の手をそっと握った。

「それじゃあ二人の思い出を作りにいこうか。これからたくさん一緒に時間を過ごして、これまでの分を取り返そう。今日は記念すべき、その第一歩だ」

「はい」

ヘレンの手を優しく引っ張り、ルゴスたちが待っている場所に走りだす。

「ルゴス、早速始めよう！」

僕の合図に頷き、ドワーフたちが最初にシーヴァの部屋へ行った時と同じように、地面に手をつける。ここから最下層まで穴を開け、一直線に下降する。

「また怒られるかもしれないけど。他に方法はないからね」

僕はシーヴァに内心で謝りながら、手の中に【コップ】を出現させる。

「それじゃあ作戦開始だ！」

そしてルゴスやドワーフたち、僕の手を握りしめたままのヘレンに向かって、そう宣言したのだった。

◇　◇　◇

「ほほぅ。それでまたお前たちは、我がダンジョンに風穴《かざあな》を開けたというわけじゃな」

ダンジョンの最下層。初めてこの場所にやってきた時と同じく、威厳のある姿で出迎えたシーヴァが鼻頭《はながしら》にしわを寄せ、僕たちを睨《にら》みつけている。必死に抑えているようだが、その声は震えており、相当怒っているのが伝わってくる。

「だ、大丈夫なのですかシアン様」

僕の後ろにすがりついているヘレンが、震えながら問いかける。

確かに、目の前の魔獣の正体を知らない彼女からしてみれば、今にも襲いかかってきそうな剣幕《けんまく》の魔獣《シーヴァ》は恐ろしくて当たり前だ。

「大丈夫。僕と彼は友達だからね」

「お主と友達になった覚えはないのじゃっ！　毎度毎度、屋根をぶち壊して友達の部屋にやってくるやつがどこにいる」

「ここにいるよ。というか、そもそもシーヴァがいつまでたっても帰ってこないし、連絡もよこさないのがいけないんだよ」

「我《われ》も一人でゆっくりと過ごしたい時があるのじゃ。それにしばらく放置しておったせいで、ダンジョン内の魔獣が増えすぎて色々なところが壊されていてな。修理するのが大変じゃったんじゃぞ」

どうやらシーヴァの姿が見えなかったのは、そういう理由らしい。

増えすぎた魔物の間引《まび》きを行うことも彼の仕事の一つで、それを怠《おこた》ると最悪スタンピード――魔獣の暴走が起こってしまうかもしれないとのことだった。さすがにそれは困る。

「わかったよ。僕が悪かった。また前みたいにきっちりと修理して帰るから」

「当たり前じゃ。ところで、お主に隠れて震えておる可愛い娘は何者じゃ？　初めて見る顔じゃが」

シーヴァの興味が僕の後ろにいるヘレンに移ったようだ。

きっと彼女にナデナデしてもらおうと思ったに違いない。

「そうだ、紹介するよ。彼女はヘレン＝ファリソン。僕の婚約者だ」

僕は後ろにいたヘレンの手を引き、自分の横に立たせた。

彼女の顔には、まだ恐怖の色が浮かんでいた。ただ僕とシーヴァのかけ合いを見て少し安心したのか、優雅にカーテシーをして、引きつった笑みを浮かべつつも気丈《きじょう》に自己紹介をした。

「はじめまして。シアン＝バードライの婚約者であるヘレン＝ファリソンと申します。以後お見知りおきを」

「ほほぅ。なかなかに美しく気品のある娘ではないか」

シーヴァは鼻先に寄せたしわを緩《ゆる》め、巨大な口をいびつに歪《ゆが》めてヘレンを見つめた。

彼女を怖がらせないように笑っているようだが、その姿では美味《うま》そうな餌《えさ》を前に舌なめずりしているようにしか見えない。現にヘレンの笑顔は更に引きつって、顔色も青くなっていた。

「お、お褒《ほ》めいただいて嬉しく存じます」

「我は女性には優しいゆえ安心するがよい。ところでシアンよ」

「なんだい？」

「新しい婚約者を連れてきたということは、いつもお主と一緒にいるあの娘はどうしたのじゃ」

「バタラなら、今頃町で成人の儀の準備をしていると思うけど？」

「そういう意味ではないのじゃ。この娘が婚約者ということはあの娘のことは振ったのか？　それとも振られたのかのう？」

シーヴァの目に、あからさまに愉快《ゆかい》そうな色が浮かぶ。

「あ、あの、よろしいでしょうか？」

ヘレンが横合いから声をかけた。

「なんじゃ？」

「バタラさんは私と同じくシアン様の婚約者でございますわ」

「何っ！　二人も婚約者がおるじゃと……しかもこんなひよっこに器量《きりょう》よしが二人も」

愕然《がくぜん》とした表情を浮かべたシーヴァに、なぜそうなったかの経緯を僕とヘレンが説明する。

「お主も無駄に苦労を背負《せお》いたがる男よのう」

全てを説明し終えると、なぜか憐《あわ》れみの表情を向けられてしまった。

僕は憤慨《ふんがい》しつつも本来の目的を思い出し、一つ深呼吸して心を落ち着かせた。

ヘレンはシーヴァに慣れたようで、僕との馴《な》れ初《そ》めから、どうやって町にやってきたのかなど、様々な話を続けていた。

やがてその話が一段落ついた頃。

シーヴァが僕に視線を移動させ、突然念話《ねんわ》で脳に直接言葉を送り込んできた。

『このヘレンとかいう娘には、我の正体のことは話しておらぬようじゃな』

『女性にはシーヴァの正体をばらさないって約束したからね』

『殊勝《しゅしょう》な心がけじゃ。それでは、ここにいる間は我のことをダンジョン主と呼ぶがよい』

ダンジョン主ね。確か前は魔獣の王とか名乗っていたのに謙虚《けんきょ》になったものだ。

僕はヘレンにも、彼のことをダンジョン主と呼ぶように伝えた。

「ところで、お主は屋根をぶち抜いてまで、一体我のダンジョンに何をしに来たのじゃ？」

「それなんだけど、実は――」

僕はシーヴァに今回ダンジョンまでやってきた理由を伝えた。

獣人族の結婚式とバタラの成人の儀のために、真の女神像が必要なこと。

女神像の材料となる魔晶石を、ダンジョン下層にいる大型の魔獣から取り出したいこと。

大型魔獣を倒すのには危険が伴《ともな》うため、シーヴァの力を借りたいこと。

これらを伝えると、彼は一瞬考えたような素振《そぶ》りを見せ、あっさりと承諾《しょうだく》してくれた。

「なるほどのう。お主の婚約者たちにはこれからも世話になるじゃろうし、力を貸してやるのじゃ」

「僕には？」

「お主とは貸し借りなしの間柄じゃ。毎度毎度、大事に作り上げたダンジョンをぶっ壊しよってからに」

文句を言いながらもシーヴァは少し体をもたげた。どうやらやる気になってくれたようだ。

「それでは我の力を分け与えた眷属《けんぞく》を召喚してやろう。しばし待つがよい」

シーヴァの体から白い煙《けむり》が吹き出した。視界が完全に奪われてしまう。

煙には匂いも味もなく、特になんの害もないようで咳《せ》き込んだりもしなかった。

やがてゆっくりと晴れていくと――

「あれはなんですの？」

ヘレンが指さす先。徐々に晴れていく煙の中に、四本足で立つ一体の獣が現れた。

「犬……ですの？」

そこに現れたのは、僕にとってはいつもの見慣れた姿。

デザートドッグに擬態《ぎたい》したシーヴァだった。

「えっ、えっ。どうしてこんなところにワンちゃんがいますの？　それにダンジョン主様はどこへ？」

ヘレンは巨大な魔獣がいたはずの場所に、突如として可愛らしい犬がちょこんと現れたことに驚きを隠せないようだった。ダンジョン主と目の前の犬が同じだとは言えない。

どう説明すればいいのか考えていると、シーヴァが突然、僕とヘレンに向かって一直線に走ってきた。

「きゃっ」

胸元めがけ思いっきり飛び込んできたシーヴァを、ヘレンは思わず両手で抱きしめた。

受け止めたヘレンの腕の中で、シーヴァは「きゅーん」と可愛らしい甘えた声を上げる。

先ほど見せていた威厳溢れるダンジョン主の姿は、既にない。

「えっと……そのデザートドッグが、ダンジョン主様の眷属だよ」

「このワンちゃんがダンジョン主様の眷属ですの？　こんなに可愛いのに？」

甘えるシーヴァの策にはまり、戸惑いつつもまんまとその頭をナデナデしはじめるヘレン。

それを呆れて見つめながら僕は答える。

「見かけと違って凄く強いんだ。信じられないかもしれないけど」

「とてもそうは見えませんわね。でもあのダンジョン主様が力を分け与えた眷属と仰っていましたから、きっとお強いのでしょうね。あら、そういえばダンジョン主様は一体どこへ？」

「さぁね。気まぐれなヤツだし、用件を聞いてそいつを僕たちに残したから、あとはもういいだろうって奥にでも引っ込んじゃったのかもね」

僕は、ダンジョン主を探すようなふりをしながらそう答える。

「それでさ、そのデザートドッグが例のシーヴァなんだ」

「えっ？」

「町のみんなはシーヴァが僕の飼っている飼い犬だと思っているけど、本当はダンジョン主様の眷属を預かっているだけなんだよ」

ヘレンは信じられないのか、腕の中のシーヴァと僕を何度も見比べる。

「わふんっ」

シーヴァはわざとらしくヘレンの手に頭をこすりつけ、甘えながら吠える。

「ほら、シーヴァもそうだって言ってるよ……たぶんだけど」

「シーヴァちゃんはこの場所で生まれ育ったとシアン様が仰っていたのは、そういう意味だったのですね」

ダンジョンの外で話したことを思い出したのだろう。僕の言ったことを信じてくれたらしい。

「わふんっ‼」

「もしかして、私たちの言葉もわかるのかしら？」

小さく吠えたシーヴァの頭を優しく撫でるヘレン。

「眷属だからね。なんとなくはわかるんじゃないかな」

本当は喋《しゃべ》れるし、念話も使えるのだけれど。

「シーヴァちゃんはとても賢いのですわね。我が家にも犬がいましたけれど、シーヴァちゃんみたいに甘えてくれなくて寂しかったのです」

そういえば、彼女の家にも何匹か犬がいた記憶がある。けれど、あれは警備のための軍用犬で、シーヴァなんかと比べものにならないほど凜々《りり》しく、見た目だけで強さが伝わってきた。

確かにあれに比べたら、今のシーヴァがとんでもなく可愛く見えるのも仕方がない。

楽しそうにシーヴァの体を撫で回すヘレンと、恍惚《こうこつ》の表情を浮かべるダンジョン主を横目に、僕は魔晶石狩りの準備を始めることにした。

「さてと、ヘレンもシーヴァもそれくらいにして、本来の目的のために作戦会議をしようじゃないか」

「わかりましたわ」

「ガルルルル」

撫でられるのを邪魔されたシーヴァは、かなり不満そうだ。だけど、いつまでもここに居るわけにはいかない。早く魔晶石を手に入れて女神像の製作に取りかからないと、成人の儀に間に合わなくなってしまう。

「坊ちゃん。俺らはいつでも行けますぜ」

「うむ。問題ない」

「シーヴァの力、久々に見せてもらうっすよ」

ルゴスと二人のドワーフ、タッシュとティンが自らの装備の具合を確認し終え、声をかけてきた。

ドワーフ族の三人はシーヴァのことを、大渓谷の主であるセーニャのところにいた頃から知っているらしい。

「わふんっ」

『任せておけ』

シーヴァからヘレン以外の全員に念話が送られる。

「じゃあ作戦を伝える。シーヴァとヘレン以外には繰り返しになるけど、一応みんな聞いてくれ」

僕はそう告げると、全員の視線が集まったのを確認してから説明を始めたのだった。

◇　　◇　　◇

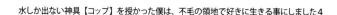

今僕たちがいるのは、シーヴァの部屋から出て少し進んだところ。つまりダンジョンの最下層だ。

以前シーヴァから聞いていたので知ってはいたのだが、最下層は龍玉の魔力が最も濃いため、ダンジョンの中でも特に強力で大型の魔獣が棲息している。

シーヴァに呼び出され初めてダンジョンを訪れたあの日、もし僕たちが正攻法で攻略していたならば、とんでもない強さの魔獣と何度も戦うことになっていたはずだ。

そして僕たちは今、そのとんでもない強さの魔獣と戦闘している。

シーヴァから協力の了承を得たあと、僕らは彼に案内されて、無駄に豪華《ごうか》なつくりの扉を開き外に出たのだが……そこに待っていたのは、予想通り強力な魔獣たちであった。

作戦としては、女神像の素材になりそうな魔晶石を持っている大型の個体を探し、それ以外の魔獣をシーヴァが引きつけている間に、狙った個体を倒すというものだった。

扉を出て少し進んだところで、目的に見合った魔獣が見つかった。

他の魔獣より一回り大きい体躯《たいく》から、その体内に持つ魔晶石の巨大さを想像できる。

僕の合図で、シーヴァが目標以外の魔獣を引きつけるために飛び出す。

同時に、僕たちはシーヴァの部屋の中で立てた戦略通り、魔獣に攻撃を仕掛けた。

まずはティンとタッシュのドワーフ二人が土魔法を使い、障壁を作り上げ魔獣の動きを鈍《にぶ》らせる。

その間に、僕が【コップ】から粘性《ねんせい》の高い液体の【コンタル】と【砂糖水飴】を地面にぶちまけ、ヘレンが【拘束螺旋】でそれを巻き上げる。ドワーフたちの攻撃で動きが鈍っている魔獣にコンタル水飴を絡みつかせ、そのまま全身を包み込んだ。

即座に倒すほどの力はないが、二種類の泥状物質に体を包み込まれた魔獣は苦しそうにもがく。

これだけ粘性のある混合物で包まれたら、まず息はできないだろう。

ダンジョンを降りてくる間に考えたこの連携技が、最下層の魔獣にも効果を発揮したことに安堵《あんど》しつつ、僕はヘレンの手を引き後ろに下がりながら声を上げた。

「今です」

その声に応《こた》えるように二人のドワーフが動きだす。

「おうっ！　行くぞティン！」

「はいっす！」

かけ声と同時に、二人のドワーフが先ほどまで魔獣の動きを止めていた土魔法の障壁を解く。

既にヘレンの【拘束螺旋】に閉じ込められた魔獣に障壁は必要ない。

ドワーフたちは土魔法を使って鋭利《えいり》な槍を作り出した。

「「オオオオォォォッ」」

二人のドワーフの雄叫《おたけ》びと共に、その槍が魔獣に向けて解き放たれた。魔獣は、必死になって体に巻きつくコンタル水飴を引き剥《は》がそうと暴れている。

槍が突き進む場所のみを、ヘレンが魔法を操作し開いていく。そうしてできたコンタル水飴の隙間に、二本の槍が真っすぐ突き刺さる。

魔獣が大きな口を開き、断末魔《だんまつま》の叫びを上げた。

「グギャオォォォォォォゴボボ」

大きく開いた口はすぐにコンタル水飴によって塞《ふさ》がれてしまい、あたりは静寂《せいじゃく》に包まれた。

「自分で考えた作戦とはいえ、これはえげつないな……」

コンタル水飴を操っているのはヘレンだ。お嬢様である彼女にこんなことをさせるのは少し気が引けてしまう。しかし、ヘレンは自分の力が役に立っていることに嬉しそうな顔をしている。

僕の心中での葛藤《かっとう》を余所《よそ》に、強大な魔獣は土槍の攻撃に耐え切れず、地響きと共にその巨体を地面に横たえ、動かなくなった。

「坊ちゃん。魔晶石が出てきましたぜ」

早速、倒れた魔獣の心臓近くをタッシュが切り裂く。

そこから現れたのは、ドワーフの頭より大きい結晶体――魔晶石だった。

タッシュはそれを掲《かか》げるようにして持ち上げ、魔獣の体から飛び降りる。

「それじゃ、あっしたちはシーヴァと一緒に周りを警戒しておきますんで、後処理はお願いしますぜ」

そう言い残しタッシュは警備につくため歩いていってしまった。

僕は彼から受け取った魔晶石の表面についた血を、丁寧に拭《ふ》いて綺麗にする。この短時間で、既に魔晶石のサイズが小さくなっている気がした。少しずつだが魔素が空気中に溶けていっているのだろう。

　僕は急いでその魔晶石を、ルゴスと、大エルフのヒューレが徹夜で作ってくれた大きな冷却箱の元まで運んだ。シーヴァの部屋での作戦会議中に【コップ】を使い、箱の中には水を三分の一くらいまで溜《た》めてある。水面にうっすらと氷が張っているところを見ると、水温はこの短い間に既に零《れい》度《ど》近くまで下がっているのだろう。

　僕はゆっくりと、氷の上に魔晶石を置くように入れる。

　すると、パキッと小さな音を立て表面の氷が割れ、魔晶石は水の底にゆっくり沈んでいく。

「色が変わっていきますわ」

　ヘレンは水の中で色を変える魔晶石に驚いている。

「魔晶石は冷たい水に触れると、表面に膜《まく》が張って真っ黒になるんだ。どういう理屈かはまだわかってないらしいんだけどさ」

　その状態になった魔晶石は形体が固定され、魔素に戻って空気中に霧散することがなくなる。

　やがて中心まで固定化が完了すると、加工素材として使える状態になるのだ。

「シアン様、水の中に入れる前より魔晶石が小さくなっているような？　もしかして魔素が水に流れ出てしまっているのではありませんの？」

「いいや、これは魔素が結晶として固まる時に起こる現象……らしい。本で読んだ知識で、実際に目にするのは初めてだけどね」

見ているうちに魔晶石はみるみる縮んでいく。

もしかして本に書いてあったことは間違いで、このまま溶けるように消えてしまうのではないか。

そんな不安に駆《か》られながらも、僕はヘレンを安心させようと、表情を引き締めて水中を見つめ続けた。

やがて縮小が止まり、これ以上変化しないことを確認して、僕は冷たい水の中から固まって黒くなった魔晶石を取り出した。入れる前はドワーフの大きな頭ほどあったが、拳二つ分くらいの大きさに縮んでいる。できれば女神像の全てを魔晶石で作り上げたいが、王都の女神像ですら使われている魔晶石の量は大人の拳一つ分くらいらしい。

なぜ重要な儀式に使う女神像に、少量の魔晶石しか使われていないのか。その理由がわかった気がする。

ドワーフたちやシーヴァの力を借りてようやく倒せる強力な魔獣。

そして、ヒューーレのおかげで作ることができる冷却箱があって、ようやく拳二つ分の魔晶石を得られるのだ。

僕らは運よくドワーフたちやシーヴァ、ヒューーレの協力を得ることができたからよかったものの、国は拳一つ分の魔晶石を手に入れるために一体どれほどの犠牲《ぎせい》を払ったのだろうか。考えただけで身震《みぶる》いしてしまう。

「坊ちゃん、終わりましたかい？」

取り出した魔晶石を眺めていた僕らの背に、タッシュの声がかかる。

「見張りありがとう。作業の間、魔獣が襲ってこなくてよかったよ」

僕はそう答えつつ振り返った。すると、そこには何やら荷物を抱えたドワーフたちがいた。

「それは……もしかして」

タッシュとスタブルが抱えてきたものを見て、ヘレンが目をまん丸にしながら問いかける。

「ああ、魔晶石だ」

二人のドワーフが言った。なんと、彼らは先ほど僕たちが死闘の末に手に入れたものと同じか、それ以上の大きさの魔晶石を、何個も抱えていたのである。

「一体それはどこで？」

その質問に対する答えは、彼らからではなくその足下から返ってきた。

「わんっ」

『なんじゃ。お主らがほしがってたものじゃろ？　ほら、さっさと処理せんか』

タッシュの足下で毛繕《けづくろ》いをしながら吠えたのは、シーヴァだった。

「もしかして、これ全部シーヴァが？」

「わふっ」

『当たり前じゃろ。ほれ、せっかく持ってきてやったのに、早くせんと消えてしまうぞ』

耳の後ろを後ろ足で掻《か》くシーヴァから、軽い調子の念話が届く。

たった一体の魔獣ですら、全員が全力で戦ってようやく倒せたのに、タッシュたちが抱えている魔晶石の中には、先ほど僕たちが採取したものより倍近く大きいものもある。

その魔晶石を体内に宿していた魔獣は一体どれほどの巨体だったのだろうか。想像もつかない。

「シアン様、とりあえず急いで加工しませんと、魔晶石が小さくなってしまいますわ」

「あ、ああそうだな。血を拭いている時間はなさそうだから、全部この箱の中に放り込んでください」

僕は二人のドワーフに慌てて指示を出した。

「わかった。ほらティン、急げ」

「はいっす」

ゴロゴロゴロと、様々な大きさの魔晶石が、次々と冷却箱の中に放り込まれていく。

できるだけ大きめの冷却箱を用意してほしいとヒューレに頼んでおいてよかった。

表面の氷を突き破って沈んでいく魔晶石を眺めながらそう思う。

しかしタッシュたちが抱えてきた魔晶石は思っていた以上に多く、結局は冷却箱の容量《ようりょう》をこえてしまい、水中に全て沈み切らなかった。水面から顔を出しているものは、魔素として空気中に霧散してしまうが、仕方ない。可能な限りは持って帰りたいのだが。

僕は【コップ】を取り出し、箱がいっぱいになるまで水を注いで悪あがきをしてみた。

そうこうしているうちに先に入れた分が縮んで素材化され、水面に沈み切れていなかった魔晶石が水没していく。やがて全ての魔晶石の素材化が終わると、僕たちは協力して冷却箱の蓋《ふた》を中身が漏れないようにきっちりと閉めた。これだけの量があれば、王都の女神像と同じものが何体も作れそうだ。

「君のおかげだ。ありがとうシーヴァ」

お礼を言い、シーヴァの頭を撫でようと手を伸ばす。

だが、シーヴァは僕の手を素早い動きで掻《か》いくぐると、一瞬で僕の背後にいたヘレンの腕の中に飛び込んだ。

「くぅ～ん」

そして甘えた声を出すと、彼女の胸に顔を擦《す》りつけた。

「うふふっ、こんなに甘えん坊さんで可愛らしいのに、魔獣を何体も倒せるほど強いなんて信じられませんわね」

ヘレンは甘えてくるシーヴァにまんまとだまされて彼の頭を優しく撫で始める。

僕は複雑な気持ちでそれを眺めるしかなかったのだった。

◇　　◇　　◇

「先輩のロマンスを聞かせてほしい」

「と言われてもねぇ」

シアンたちが魔晶石を集めていたその頃。

領主館のある一室では、ヒューレがじりじりとシアンの師匠にして大エルフのモーティナに詰め寄り、恋愛話を聞き出そうとしていた。

町に残った人々は獣人の結婚式とバタラの成人の儀、そしてデゼルト農園の本格的な始動で誰も彼もが慌ただしく動き回っている。

獣人を引き連れてきた当事者である元貴族のウェイデンと、その妻であるモーティナは、様々な調整や準備のために町中を奔走《ほんそう》していた。

体力には自信のある二人にも限界はあるもので、今彼らは執事《しつじ》のバトレルが用意した休憩室で一時の休息をとっていた。その部屋は、いつもシアンがメイドのラファムに用意してもらった紅茶を飲みながら読書をしたり、友人たちと談笑したりするために使っているもの。それほど広くはないが、時にシーヴァや行商人のタージェルとの密談《みつだん》にも使われるため、実は防音設備も備わっている。

そこで二人は、彼らの娘であるラファムが用意した疲れが取れるという薬草入りの紅茶を、ゆったりとした気分で楽しんでいた。

そんな穏やかな空気を破って、突然一人の闖入者《ちんにゅうしゃ》が飛び込んできたのはつい先ほどのことだ。

「私ずっと憧《あこが》れてた。あなたに。どうしたらあなたのように素敵な恋愛ができるのか」

闖入者の正体は、すっかり領主館に住み着いてしまったヒューレだった。

彼女はここしばらくの間、シアンから急ぎで頼まれた冷却箱の開発にかかりっきりだった。

材料などは彼女の収納空間に全て入っているうえに、トイレも自作した空間転送つきのもので済ませていたため、ほぼ部屋の外に出ることはない。更に、食事や彼女のエネルギー源ともいえる酒などは、ラファムが毎日部屋まで届けていたので、上《あ》げ膳《ぜん》据《す》え膳《ぜん》な生活を満喫《まんきつ》していた。

彼女は、憧れの先輩——大エルフであるモーティナが同じ屋敷の中にいるということを、つい先ほどいつものように自室まで昼食を届けに来たラファムから聞いて知ったのだった。

「どうすればウェイデンみたいなイケメンと結婚できるのか、詳しく教えてほしい」

「イケメンだってさ、モーティナ。僕も随分老《ふ》けてしまったと思っていたけど、こんな若い子にそう言われるとまだまだ捨てたもんじゃないと思ってしまうよ」

おどけた口調で肩をすくめるウェイデンに、呆れたような視線を送るモーティナ。

しかし、愛する夫を褒められて満更《まんざら》でもないのか、その顔は少し緩んで見えた。

「やっぱり旅？　旅に出た方がいい？」

興奮気味に問いかけるヒューレ。

「そりゃまぁあんな里に籠《こ》もってるよりは出会いは多くなるけどね」

愛娘《まなむすめ》の紅茶に軽く唇《くちびる》をつけながら、モーティナは答える。

「やはり。ではすぐにでも、この町を出て旅に行くべき。善は急げ。でもその前に」

ヒューレはすぐに部屋を出ていこうとしたが、ドアノブに手をかけようとしたところで立ち止まり振り返る。その手には、いつの間にか手帳とペンが握られていた。

「大事なこと忘れてた。二人の馴れ初めを全部聞かなければ。勉強大事」

「ええっ」

「これはちゃんと話してあげるまで解放されそうにないね。教えてあげなよ、モーティナ」

ウェイデンはまるで他人ごとのように答えると、ソファーに深く座り直し、紅茶を喉に流し込みながら、余興《よきょう》を楽しむかのように笑った。

◇　◇　◇

「このデザインはどうですか？」

領主館に急遽《きゅうきょ》作られた簡易的な裁縫室《さいほうしつ》。

そこでは二人の少女が、机に何枚も広げられた紙を見ながら話していた。

一人はラファム。シアンの専属《せんぞく》メイドであり、人族であるウェイデンと大エルフであるモーティナの間に生まれた、ハーフエルフの娘である。

そして、もう一人はバタラ。デゼルトの地で生まれ育った、褐色肌《かっしょくはだ》の少女である。

シアンが初めて彼女と出会った頃は栄養不足もあってかなり痩《や》せていたが、今では年相応の少女らしい体つきになってきた。二人は、今度この町で行われることになったバタラの成人の儀の衣装について話し合っていた。

「少し地味かと思います。当日、シアン坊ちゃまとの婚約発表も行う予定ですし、こちらの方がよろしいのではないかと」

ラファムは、バタラが指している質素な服とは真逆の、装飾過多にも思えるドレスのデザイン画を引き寄せながら告げた。

「そんな派手な衣装。私には似合わないですよ」

バタラはラファムの提案をばっさりと却下する。

「そうでしょうか？　意外に似合うかもしれませんよ」

「意外とか言っている時点でダメだと思うんですけど」

「これは失言を。しかし、バタラ様がご提案なさったデザインでは、あまりにいつもと変わらなさすぎるのではありませんか？」

ラファムは却下されたものを横に移動させると、もう一度バタラが選んだ用紙を見つめる。

そこには、バタラがいつも身につけている民族衣装に、少しだけ装飾を加えただけの服が描かれていた。

「新鮮さが足りませんね」

「それって必要なんですか？」

「もちろんです。バタラ様、いいですか」

ラファムは突然、対面しているバタラの目を真剣な表情で見返して、強い口調で続ける。

「ここできちんとバタラ様もアピールしないと、シアン坊ちゃまをヘレン様に奪われてしまいますよ」

「奪っ……私、そんな」

「いいですか？　バタラ様がヘレン様の家柄や坊ちゃまとの付き合いの長さで、日頃から引け目を感じているのはわかります。ですが」

ずいっと、ラファムはいつにない真面目な表情でバタラににじり寄った。

「王都から追放同然にこの地へ赴任《ふにん》させられ、傷心《しょうしん》だった坊ちゃまを救ったのはバタラ様、あなたなのですよ」

「救ったなんて、そんな大げさな」

「いいえ、間違いなくあなた様のおかげで、坊ちゃまは色々なことを振り切ることができたのです」

「そ、そう……でしょうか？」

シアンが初めてデゼルトにやってきたあの日。

バタラは実家の手伝いが一段落したあと、オアシスの泉の様子を見に行った。

小さな頃から慣れ親しんだ泉がどんどん水量を減らし、やがて枯れ果てていく姿を目に焼きつけておきたくて始めた日課だった。

その頃既にデゼルトの人たちは、井戸の水が枯れるまでに泉の水量が戻らなければ、この地から去る決意を固めていた。

魔獣のおかげで食料やお金は手に入れることができたが、水がなければ生きていけないからだ。

そんな中、新しい領主がやってくるという話が町の大人たちの間で広まっていた。

しかし領主が来るからといって、枯れた泉をよみがえらせ、水をどうにかできるなんて誰も思ってはいなかった。当たり前だ。仮に水魔法の得意な貴族がやってきたとしても、オアシスを復活させるほどの水量を作り出すことなどできない。

力ある貴族であっても、せいぜい小さなプールに水を溜めるのが精一杯なのだ。

それなのに、あの日目の前に現れた彼は、そんな思い込みを全て打ち破ってしまった。

「貴族の魔法はどんどん弱まって、今じゃ大道芸程度のレベルにまで落ちているって聞いていたのに嘘だったのか」

「やっぱり、貴族様の魔法は凄いんだな」

「大渓谷開発の時にこの町にやってきていた大貴族が、凄い威力の雷や炎を操っていたってのは本当の話だったらしい」

町の人たちは口々に貴族の凄さを話題にしていた。だが、バタラは聞いてしまった。

泉に倒れ込んだシアンを抱き上げ、領主館まで付き添った時のこと。シアンの家臣たちが話していたのである。

シアンは王都に住むどんな貴族よりも大きな魔力を持っていること。

そして、それは彼自身の努力の賜物《たまもの》だということ。

彼のように努力をする貴族はおらず、町の人たちが聞いていた通り大した力を持っていない貴族が大多数だということ。

泉をよみがえらせたのは、シアンだからこそ成《な》せる偉業だったのだ。

しかし、あれだけ大量の水を出すことは、自らの命を削《けず》る行為だった。

のちに、そのことを知ったバタラは決意したのだ。

この町を命がけで救ってくれたシアンを信じようと。

実際にはバタラにいいところを見せようと調子に乗ったシアンが、家庭教師であるエンティアの忠告をすっかり忘れて自滅しただけなのだが。

「私はあの人を……シアン様をずっと支えてあげたいと、そう思っているだけです」

「素直じゃないですね。ヘレン様のように率直《そっちょく》に好意をぶつけないと、今の居場所すら失ってしまいますよ」

「そ、それは嫌です」

そう呟きながら、バタラは先ほどラファムが脇に避けた紙に視線を向ける。

机の上に並んだ様々なデザイン画は、この町に住む人々から募《つの》ったものだ。

「それに、晴れの舞台に娘が自分のデザインした服を着てくれたら、お母様も喜んでくれますよ」

ラファムがもう一度机の中央に引っ張り出してきたそのデザイン画は、なんとラファムの母が描いたものだったのである。

「でもさすがにこの服は成人の儀で着るには合ってなさすぎる気がしますし」

純白の美しいそのドレスは、まるで――

「ウェディングドレスのつもりなのでしょうね」

「結婚式をあげるのは私じゃなくて獣人族の方々なのに」

「シアン様たちの婚約発表も同時にすると言っていましたでしょう？　同じようなものですよ。それにバタラ様がこのドレスを身にまとった姿をシアン坊ちゃまが見れば、惚《ほ》れ直すことは間違いないでしょう」

バタラが選んだデザインと、彼女の母親が描いたもの以外を片づけながらラファムが言うと、バタラは真っ赤な顔をして、俯《うつむ》いてしまった。そんな彼女の様子を見て、ラファムは少しの間考える素振りを見せたあと、残した二枚のデザイン画を手に取った。

「それでは最初はこちらの普通の衣装で儀式をして、その後着替えて婚約発表を行いましょう」

まるで彼女たちの話が終わるのを見ていたかのようなタイミングで、扉の外から声がかかった。

「バタラ様、少しよろしいでしょうか？」

声の主は執事のバトレルである。

「はい。今開けますね」

デザイン画を整理しているラファムに代わり、バタラが熱くなった頬を両手でさすって冷ましながら扉を開けた。

「何かご用でしょうか？」

「実はバタラ様のお婆さまがお見えになりまして」

「お婆ちゃんが？」

「はい。何やらシアン坊ちゃまに会うためにいらっしゃった客人をご案内していただいたらしく。しかし、ご存知の通り坊ちゃまは――」

シアンの次に身分の高いヘレンも共に出かけている今、この領主館で一番地位が高いのは領主の婚約者であるバタラということになるらしい。

「私が……ですか？」

「はい。ですのでシアン様の代理としてお客様を迎えていただきたく、お伺いしたわけです」

そういった貴族の常識について詳しくないバタラはその言葉に驚いたが、バトレルに頼み込まれては断ることはできなかった。自分はただの町娘でしかないが、その客人を連れてきたのが祖母である以上、無関係を決めこむわけにもいかない。急いで裁縫室を出て玄関に向かうと、そこにはバタラの祖母の背後に目深《まぶか》にフードを被った三人の人物が佇《たたず》んでいた。

一人は長身の女性。その後ろに、男女それぞれ一名が従者のように付き添っている。

「おや、バタラもいたのかい」

「お婆ちゃん、この人たちは？」

「そうだねぇ。あんたたち、もう顔を隠す必要はないんじゃないかい？　どうせこの屋敷にいる人たちに協力してもらわなきゃならないみたいだしね」

バタラの祖母であるニーナが振り返り、後ろの三人にそう告げると、先頭の女性がフードを取り去る。

フードの下から出てきたのは息を呑《の》むような整った顔……そして、長く尖った耳。

「エルフ……」

バタラの後ろでラファムが小さく呟いた。

「いかにも。妾《わらわ》はエルフ族長老会の一人、エリアエル＝トウガ＝ナミノ」

エリアエルと名乗ったエルフにバタラが自己紹介をする。

「エリアエル様、初めまして。私はバタラと申します」

「バタラ？　妾はこの地の領主に面会しに来たのだが」

訝《いぶか》しげな顔のエリアエルに、後ろに控えていたバトレルがバタラの代わりに答える。

「バタラ様はシアン様の婚約者でございます」

「婚約者？　妾たちは婚約者などに会いに来たのではない」

エリアエルはバタラを虫けらでも見るような目で見下ろしながらそう言い放った。

「婚約者などではなく、領主のシアンとやらは出迎えに来ぬのか？」

「シアン様はしばらくの間この町を留守にしておられます」

「なんと。我々が人間族のところにわざわざ出向いたというのだぞ」

エリアエルの後ろに控えていた男のエルフが怒気を含んだ声を上げた。

「せっかく主様が仰るからこんなところまでやってきたというのに」

もう一人の女のエルフも続けて毒づく。

「はぁ……主様もどうして人間族などに頼れと申されたのか」

その二人の声を背に、エリアエルは大きく溜息をつき肩を落とした。

エルフ族はプライドが高く、人族を見下すという話はバタラたちも聞いてはいた。ヒューレやモーティナ、そしてハーフエルフであるラファムのおかげで、そんなイメージはすっかり消えてしまっていたが……

「あ、あの……すみません」

どうしたらいいのかわからなくなり、とりあえず謝罪の言葉を口にするバタラだったが、彼女の言葉に被せるように別の声が玄関ホールに響いた。

「まったく人様の家でうるさいねぇ。こちとらやっと娘っ子を追い返して休憩できるって横になったところだってのに、なんの騒ぎだい」

玄関での騒ぎを聞きつけて、休憩室からモーティナとウェイデンがやってきたのだ。

だが、モーティナは玄関で騒いでいたエルフたちを見るなり「げっ」と声を上げて立ち止まり、その場で固まってしまう。

「おや？　もしかしてそこにいらっしゃるのはモーティナ様では？」

現れたモーティナにエリアエルは一瞬驚きの表情を見せたが、すぐに嘲《あざけ》りを含んだような表情に戻ると、今までとは違った口調でモーティナに歩み寄る。

一方、モーティナの方は心底嫌そうな表情を浮かべて、一歩後ろに下がる。

「エリアエル……どうしてアンタがこんなところに」

「どうして？　それはこちらのセリフですわ。あなたこそどうしてこんなところにいらっしゃるのかしら」

二人の間に見えない火花が飛んだ。

「アンタには関係ないだろ。どこにいようがあたしの自由だ」

「自由。そうね、あなたは自由ですわね。勝手に里を捨てて飛び出して」

エリアエルはすっと目を細め、言葉を続ける。

「おかげで妾がどれほど迷惑を被《こうむ》ったか、あなたにわかるはずがないですわ」

「アンタに迷惑をかけた覚えなんて一切ないんだけどねぇ」

「白々しいにもほどがありますわ。あなたが何も言わずいなくなったせいで、里の民が総出で森中を捜索《そうさく》する羽目になったのですよ？」

「そんなこと知ったこっちゃないね。そもそも長老会が勝手にあたしの結婚相手を決めようとしたのが悪いんじゃないのさ。逃げて当然だろ」

「そのせいであなたの代わりに妾が見合いすることになったんですのよ！　相手が好みの優しい人だったからよかったものの、もし……」

「つまりあたしのおかげでいい人と出会えたんじゃないか。むしろ奥手で男に声をかけることすらできなかったアンタにとっては好都合。あたしに感謝してほしいぐらいだね」

「なんですって」

「なにさ」

美しい顔の二人が、額に青筋を浮かべて睨み合う。近くに立っていたウェイデンやラファム、そしてバタラもその間に入り込むことをためらってしまうほどである。

しかし、そんな状況の中で一人その間に割り込んだ人物がいた。

「はいはい、そのくらいにしておきな。いい歳して大人げないったらありゃしないよ」

「お、お婆ちゃん」

睨み合う二人の間に、さっと体を割りこませたのはニーナだった。

ニーナは慌てるバタラを手で制しながら、言い争う二人の頭を、どこから取り出したのか手に持った箒《ほうき》でパンパンと軽く叩く。

「おっ、お主何をする！」

「何すんのさ婆さん」

「ギャーギャーギャーギャーうるさいねぇ。乳飲《ちの》み子みたいに騒ぐんじゃないって言ってるのさ」

二人のエルフ族の矛先がお互いから自分へ移ったのを見計らって、ニーナは呆れたような表情を浮かべて言う。

「そういうのは二人だけでいる時にやんな。ほれ、子供たちもアンタの部下も見てるんだよ。恥ずかしくないのかい？」

そう言って周りを指し示すニーナ。

モーティナがウェイデンとラファムの方を見ると、ウェイデンは軽く肩をすくめ、ラファムはそっと視線をそらした。バトレルはいつもと変わらない表情で何を考えているのかわかりにくいが、バタラは顔を青ざめさせ、少し震えているように見える。

一方エリアエルの部下たちは、今まで彼女のこんな姿を見たことがなかったのだろう。ぽかんと口を開け、間の抜けた表情でエリアエルを見ていた。

男女のエルフはしばらく呆然《ぼうぜん》としていたが、ニーナのおかげで言い争いが止まったことに気がつくと、エリアエルの近くに寄ってきた。

「エリアエル様、事情はよくわかりませんが、今はそのような言い争いをしている場合ではございません」

「そうです。一刻も早くこの地の領主に会って協力してもらわないと」

エリアエルは二人の言葉によって領主館にやってきた理由を思い出したようで、集まっている一同に向き直って口を開く。

「この地の領主であるシアンという男はいつ帰ってくるのだ？」

◇　◇　◇

シーヴァのおかげもあって目的の魔晶石を大量に手に入れた僕たちは、前回と同じく穴の開いたダンジョンを修復しながら地上まで戻った。

地上では、既に魔獣狩りを終えた町の男衆《おとこしゅう》が獲物の後処理をしつつ、僕たちの帰りを待ちわびていた。いや、彼らが本当に待ち望んでいたのは僕らではなく、このあとの宴で振る舞われる酒の方かもしれないが。

「お帰りなさいませ領主様」

男衆のうちの一人が僕に声をかける。

「いい獲物が獲れたみたいだね」

解体途中の大きな魔獣を見て、僕はそう言った。

「もちろんでさぁ。領主様も目的のものは手に入ったようですね」

「ああ、箱いっぱい採れたよ。おかげでかなり重くなってしまったから、帰り道はちょっと大変だったけど」

魔晶石を入れた冷却箱は水の重さも手伝ってかなりの重量になっていた。下に降ろす時は空っぽなので楽だったけれど、上りは力持ちのドワーフの力を借りてもかなりの重労働だった。

更に階層を上るたびにダンジョンを修復しなければならなかったので、地上にたどり着いた時にはドワーフたちもルゴスも疲労困憊《こんぱい》で、今も地面に横たわり荒い息を整えている。

ここまで働いてくれたみんなには何かお礼をしなくちゃな。

そうだ。セーニャに会いに行った時、【コップ】で複製させてもらった東方の酒があったはずだ。ドワーフたちは酒好きな人が多いから、それを振る舞えばきっと喜んでくれるだろう。

「たくさん頑張ってくれたお礼に、今日は大渓谷で手に入れたお酒をみんなに振る舞うよ」

僕は疲れて横たわっているドワーフたちを見回して言った。

「大渓谷の酒ですかい？」

「なんだなんだ。大渓谷にも酒があるってのか」

「ど、どんな酒なんだ」

僕がお酒のことを口にした途端、それまで和気藹々《わきあいあい》と談笑していたドワーフたちが一斉に詰め寄ってくる。この中であのお酒を知っているのはタッシュとスタブル、それにルゴスだけなので、彼らを除く人たちにとっては未知の飲み物である。

その三人も僕が『お酒』を振る舞うと告げたら、元気を取り戻したように立ち上がった。

「それじゃあ樽《たる》を二つほど用意してくれるかな？」

僕がルゴスたちに頼むと、彼らは馬車に向かって走っていく。先ほどまでの疲れた姿が嘘のようだ。狩りに出かける時は、魔獣の血を保存するため馬車には常に樽が積み込まれている。

いつもはその半分に飲み水が入っているのだが、今回は僕が同行しているため空のままだった。

魔獣の血を溜めるために既に一つは使われていたが、馬車の中にはまだたくさん空の樽が残っているわけだ。

ルゴスたちが酒樽を抱えて戻ってくるのを横目に、僕はスキルボードを操作してお酒の準備をする。

運ばれてきた酒樽に、それぞれセーニャの屋敷で入手した『獺今《だっこん》』と『村蔵《むらぐら》』を注ぎ込んでいく。

「甘い香りがしますわね。でも果実酒とは違う——」

珍しい酒の匂いに、ヘレンは不思議そうな顔をしている。

「こんな透明な酒は初めて見たな。まったく濁《にご》りがない」

「確かにサボエールや果実酒とは違った香りがするな」

もの珍しそうに酒樽《さかだる》を見つめるドワーフたちに、それぞれのお酒について説明をする。

「こっちは『獺今』という酒で、甘口で女性でも飲みやすいんだ。それとこれは『村蔵』。大渓谷の主様が言うには辛口のさっぱりした飲み口で、酒好きにおすすめらしいよ」

なぜ『村蔵』の方は伝聞なのかというと、僕には『村蔵』のよさがわからなかったからだ。

ドワーフの里では「坊ちゃんはまだまだ子供舌だからしかたねぇやな」と笑われたっけ。

「聞いたことのない名前だ」

「大渓谷の酒と聞いたから、てっきりドワーフが作ったエールか何かだと思っていたが違うのか」

受け売りの説明を聞いたみんなは、興味深そうに樽を覗き込む。

彼らは今すぐに飲んでみたいという気持ちを抑えて、急いで宴の準備を始めた。

料理担当の者は仕留めたばかりの魔獣の血と肉、更に町から持ってきた野菜を使って料理の準備を始める。手先の器用な者は、ルゴスやドワーフたちと協力して料理のための調理場や竈《かまど》、焜炉《こんろ》などを作ってくれた。

それが終わると、次に宴のための簡易的なテーブルを作り、手際《てぎわ》よく作業を進める。

ヘレンも何か手伝いたそうにしていたが、彼女にはシーヴァのお守《も》りを頼んでおいた。

貴族のお嬢様である彼女は自分で料理をすることがほとんどなかっただろうし、もしできたとしても魔獣の肉を扱わせるのはちょっと怖い。

大討伐のあと魔獣の肉はほとんど出回らなくなり、王国でその調理法を知っている者はいない。

ヘレンどころかデゼルトの町民以外、調理したことがある人間はまずいないわけで。

そんな未知の食材を料理経験が乏《とぼ》しい彼女に任せたら、一体何が出来上がるかわかったものじゃない。今まで狩り場での宴は、基本肉と魔獣の血だけで行われていたが今回は違う。

「農園から野菜も持ってきたし、料理人もいるから期待しててていいよ、ヘレン」

「料理人ですの？」

「ああ。今あそこで大鍋を振っている男の人がいるだろ？」

僕が指さす方に視線を向けたヘレンは、少し首を傾げる。

「あのお方ですか？　どう見ても料理人には見えませんわ」

巨大な鍋の中を一生懸命かき混ぜ、周りにいる人たちに指示を出している男。

ヘレンの言うように、筋肉に覆《おお》われ町人の中でも一際屈強な体つきをしている彼は、料理人のイメージとはかけ離れている。しかし彼はその見た目と反して、料理をこよなく愛しており、砂糖水飴や魔獣料理の研究と啓蒙《けいもう》を兼《か》ねて、最近ポーヴァルが始めた料理教室に足しげく通っているらしい。かなり料理のセンスがあるらしく、ポーヴァルに自らの後継者になるかもしれないと言わしめたほどである。

「ああ見えて才能があるんだ。弟子は取らないといつも言っていたポーヴァルが、彼を弟子にしたいと僕に相談してきた時は驚いたよ」

ポーヴァルは王国にいた頃、僕の兄上に嫌われてから、他の調理人や弟子にあからさまに距離を置かれて心を痛め、それ以来厨房《ちゅうぼう》を一人で守り続けていた。そんな彼が弟子を取るというのだ。

それを聞いた時は、彼の心の傷がようやく癒やされ、前に進むことができるようになったのかと内心かなり嬉しく思ったものだ。

「人は見かけにはよりませんわね」

「そうだね。まだ正式な弟子にはなっていないみたいだけど、ポーヴァルが認めるくらいの腕前だから期待してもいいんじゃないかな」

「わふんっ！」

「あら、シーヴァちゃんも楽しみなのですね。でも人と同じ食べ物を与えるのってワンちゃんにはあまりよくないのではなかったかしら？」

「わんっわんっ！」

『我は犬ではないから大丈夫なのじゃ。むしろ犬用の飯はあまり好かんのじゃ』

僕の脳内にシーヴァの声が響く。

はいはい、わかったよ。伝えておけばいいんだろ。

「ヘレン。シーヴァはダンジョン主様の眷属だから、普通の犬と違って人間と同じものを食べても問題ないよ」

「わんっ！」

「そういえば、そうでしたわね。可愛らしいワンちゃんにしか見えないから、つい失念してしまいますわ」

「くぅーん」

『この娘も我の本当の姿を恐ろしいと感じておるというのに、なぜシアンだけは平然としておるのか。お主も少しは怯えるがよい』

ヘレンの腕の中から念話を飛ばし、シーヴァが僕の方を睨む。彼に初めて会った時は多少畏怖《いふ》の念を覚えたが、大渓谷でセーニャに赤ん坊のように扱われていた姿を見て今更恐れるわけがないのだ。何か『おイタ』をするようならセーニャに叱ってもらえばいいのだから。

「坊ちゃん、そろそろ料理が出来上がるみたいだから席に着いてくれってよ」

ルゴスに声をかけられる。言われてみればいい香りがしてきた。

「ありがとう。今行くよ」

「料理、楽しみですわね。シーヴァちゃん」

「わふわふ！」

僕はヘレンとシーヴァを連れて、宴のためにルゴスたちが作ってくれた大きな机に向かう。

その時だった。

「くるっぽぅ」

軽快な鳴き声と共に、僕に向けて一羽の鳥が勢いよく飛んできた。

何やら足に筒のようなものをぶら下げている。

「伝書《でんしょ》バード？」

足を止め、僕は軽く右手を挙げる。すると一直線に飛んできた伝書バードはそのまま僕の腕に駐《と》まり、もう一度「くるっぽう！」と大きな声で鳴いた。

伝書バードの足についている筒から中身を取り出し、ざっと目を通す。

「何か緊急事態でも起こったのですか？」

「……うん。どうやら大渓谷の向こうからエルフ族が僕を訪ねて町までやってきているらしい」

「エルフ族ですか……と言ってもモーティナさんやラファムさん、ヒューレさんともお会いしてますし、今更驚きはしませんけれど」

「彼女たちに慣れちゃってるからあまり珍しい種族だと感じないけど、本来エルフって人の町まで滅多に出向いてこないはずなんだよね」

エルフ族は気位《きぐらい》が高く、人間を嫌悪《けんお》していると言われている。

変わり者の大エルフであるモーティナ師匠やヒューレ、人族の中で育ったハーフエルフのラファムとは違い、エルフの森に住む彼らが人間の前に姿を現すことはほぼないはずなのだが。

「シーヴァ」

「わふ?」

『なんじゃ?』

「明日の朝一番に、僕とヘレンを町まで乗せていってくれないか?」

僕の言葉にヘレンが目を丸くする。

「乗るって。シーヴァちゃんにですの?　確かにシーヴァちゃんはお強いですけど、この小さい体に二人も乗れるとは思えませんわ」

「わふわふ」

『なぜ我がそんなことをせねばならぬのじゃ』

僕はシーヴァの方に顔を寄せ、こっそり囁《ささや》いた。

「エルフ族は大渓谷の主様、つまりセーニャ様の指示で僕の元までやってきたらしいんだ。だからなるべく早く帰らないと彼女の面目《めんぼく》を潰すことになるかも――」

「ぎゃうん」

『母上を怒らせたら怖いのじゃ。わかった、明日の朝でいいんじゃな。全速力で町まで飛んでやるのじゃ』

急に尻尾《しっぽ》を隠すように股の間に挟み込み、怯えた表情を見せたシーヴァを、ヘレンが優しく撫でる。

「あとはルゴスにまた無茶なこと頼むようになるけど……帰る前にお詫びの酒樽を何個か用意しておかないとな」

夕闇が広がり、輝きだした星空を見上げながら僕はそう呟き、手紙を懐《ふところ》に仕舞い込んだ。

◇　◇　◇

「わぁーっ、馬よりずっと速いですわね。もう町が見えてきましたわ」

嬉しそうな声を上げて前方に見えてきたデゼルトの町を指さすヘレンの横で、僕は恐怖で震えていた。

なぜなら今、僕たちはシーヴァの小さな体にぶら下げた冷却箱の上に座っているのである。

ダンジョンで魔晶石を加工するのに一役買ったあの冷却箱だ。

箱の上に敷物を敷いただけの壁も足場もない簡素な椅子が、今回僕ら二人の客席であった。

箱は丈夫な綱でシーヴァの体に繋《つな》がっており、僕とヘレンは腰から下を箱に縛りつけられているのでまず落ちることはないだろう。ないのだが……

さすがにこの状態で空を飛び続けるのは怖すぎる。

「簡単な作りでいいと僕はルゴスに伝えたけどさ。あまりに適当すぎると思うんだ」

セーニャが秘蔵していた伝説の酒に感動し、日が昇っても飲み続けていたルゴスとドワーフたち。そんな中で作ってもらったから仕方がないのかもしれないが、これはちょっと手抜きすぎやしないか。

「絶対落ちたり壊れたりしないから安心してくれ」

「見かけは悪いけど丈夫さは保証するっす」

「飛び立つ前に酒の補充をお願いしてもいいかな？」

ルゴスとティンとスタブル、三人の心強い言葉を受けた時のことが遠い昔のようだ。ダンジョンを飛び立ってまだ半日も経っていないが、既に僕は恐怖で心が折れそうになっていた。

それなのに、隣に座るヘレンはずっと楽しそうな笑顔でこの地獄の空の旅を満喫している。そして時々僕やシーヴァに話しかけてくるのだ。

無理矢理笑顔を作って相手をしていたが、僕の心はそろそろ限界を迎えそうだった。そんな折に先ほどの、町が見えてきたというヘレンの声が聞こえたというわけである。

「た、助かった……」

僕は心底安堵《あんど》し、情けない声を上げた。

その呟きは風の音でヘレンには聞こえなかったようで、少し安心する。

その時だった。

『条件を満たしました。【聖杯】の力が一部開放されます』

僕の頭の中に、突然女神様の声が響き渡った。

なんだか能力開放を告げる『声』が、今までの無機質なものよりも柔らかくなった気がする。

といっても能力開放が行われるのは久々のことだし、ただの勘違いかもしれないが。

とりあえずどんな力が開放されたのか調べるため、スキルボードを開こうとしたその時、前方を見ていたヘレンが声を上げた。

「シーヴァちゃん、領主館の庭にバトレルさんがいらっしゃいますわ。あそこに降ろしてくださいまし」

「わんっ！」

『了解なのじゃ、姫』

いつの間にかヘレンの呼び名が『姫』になっているなと思った瞬間、シーヴァが一気に高度を下げ始めた。

「うわっ」

慌ててシーヴァに繋がる綱にしがみつき、迫りくる地面に思わず目を閉じる。

屋敷の庭に墜落《ついらく》するかのような感覚にパニックになっていた。

そう……すっかり女神様からの『能力開放通知』を忘れてしまうほどに。

一瞬、浮遊感が僕の体を包んだ。地面に着地するため、シーヴァが急に制動をかけたのだ。

内臓が口から飛び出しそうな気持ち悪さに僕は目を白黒させているというのに、隣のヘレンは楽しげな声を上げている。

なんだか男として情けなく思うが、怖いものは怖いのだ。

ことん。

軽い音を立てて冷却箱が地面に降り立つ。

僕は地面に足がついていることにほっとしつつ、ゆっくり目を開け大きく深呼吸をする。

少し離れたところに立っていたバトレルが近寄ってくるのを見ていると、ヘレンが興奮したように話しかけてきた。

「思った以上に早く到着しましたわね。空の旅、とっても楽しかったですわシアン様」

満面の笑みを浮かべて話しかける彼女に怖がっている姿は見せられない。

無理矢理笑顔を作り上げ、僕は平然を装《よそお》いつつ言った。

「あ、ああ。ヘレンに喜んでもらえたなら僕も嬉しいよ」

そしてすぐさまバトレルの方に顔を向ける。

これ以上喋っていてはボロが出かねない。

「バトレル。出迎えありがとう。早速だけどこの綱を解いてほしいんだ。いいかな？」

「お帰りなさいませ坊ちゃま。お任せください」

バトレルは胸に手を当てて優雅にお辞儀をすると、いつの間にか持っていた折りたたみナイフの刃を開く。一体どこから取り出したんだろう。

綺麗に手入れされた美しい刃は、見ただけで恐ろしいほどの切れ味があるとわかる。

「まずはヘレン様からでよろしいですか？」

「ああ、そうだな」

「いいえバトレルさん。私ではなくシアン様から先にお願いいたしますわ」

「えっ。どうしてだいヘレン」

僕は驚いて彼女の顔を見る。

ヘレンは軽く笑って答えた。

「シアン様が今にも死にそうなお顔をなさっていらっしゃいますから」

その言葉を聞いて、僕は自分が怖がっているのをまったくもってヘレンに隠せていなかったことを知り、顔が熱くなるのを感じた。

領主館に着き、バトレルに手助けをしてもらいながら自分の部屋まで戻ると、急いで着替えを済ませた。

空の旅で腰を抜かしヨロヨロになった姿で客人の前に出るわけにいかないので、心を落ち着かせるためにラファムの紅茶を一杯飲んでから応接室に向かう。

そこには三人のエルフとバタラ、そしてニーナが座っていて、何やらお茶を飲みながら話していた。

バタラが緊張した面持ちになっている一方で、ニーナはいつもと変わらず堂々とした態度である。

エルフ側は女性が一人ソファーに座り、その後ろに二人の男女が立っていた。おそらくソファーに座っている彼女が代表のエリアエルという女性であろうと推測する。

エリアエルは優雅な所作で紅茶を口にしながら僕の方を一瞥《いちべつ》したあと、ゆっくりとティーカップを机の上に戻す。

僕が部屋に入るなり、バタラが涙目でソファーから立ち上がって駆け寄ってきた。

バタラは僕の代理としてエルフの相手を引き受け、彼らの対応をする羽目になっていたらしい。

僕の婚約者ではあるものの、来賓《らいひん》の対応などしたことがない彼女にとっては拷問に等しい時間だったのだろう。

少し前まではウェイデンが補佐をしてくれていたらしいのだが、彼が率いてきた移民の間で何やら問題が起こったらしく、僕と入れ違いで街へ出かけてしまったのだとか。

唯一の救いは、ニーナがこの場に同席してくれていたことだろう。

なんせ、彼女は貴族である僕や大エルフのヒューレに初めて会った時も、自分のペースを一切乱さなかった鋼の心の持ち主なのだから。

現に今も一人だけいつもと変わらない表情で紅茶を飲んでいる……と思ったらなんと飲んでいたのはお酒だった。豪胆《ごうたん》にもほどがある。

「シアン様。やっと来てくれたのですね」

「苦労をかけてすまない。あとは任せて、バタラは茶室にでも行って休んでおいで」

「いいえ、私も残ります。先のことを考えると、この程度のことで挫けていられませんから」

「先のことか……わかった。でも成人の儀の準備もあることだし、本当に辛くなったら休んでいいからね」

「はい。ところでヘレンさんはご一緒じゃないのですか？」

「ああ、彼女にはシーヴァと一緒に、農園までメディア先生を迎えに行ってもらってるんだ」

僕とバタラはエリアエルの元まで歩み寄る。

「お主が主様の仰ったこの地の領主か？」

立ち上がろうともせず、視線だけを僕に向けるエリアエルの態度は、横柄《おうへい》なものであった。

だが数々の文献を読んで、エルフ族のプライドの高さを知っていた僕は、特に動揺することもなく右手を差し出す。

「はい。私がこの地の領主シアン＝バードライと申します」

しかしその手が握られることはなかった。

「長老会を代表してエルフの里からやってきた。エリアエルと呼ぶがよい」

座ったままのエリアエルはそれだけ言うと、すぐに視線をそらした。

「早速だが時間もないことだし、本題に入らせていただこう」

続けて言う彼女に、僕は苦笑を浮かべ席につく。

バトレルやラファムもエルフ族の性質を理解しているのか、僕に対する彼女の失礼な態度に憤《いきどお》ることなく静かに控えていた。

「もう既に簡単な話はさせてもらった。お主も聞いておるだろう？」

「ええ、簡単に」

到着したあと、バトレルからエルフがやってきた理由を聞いていた。

だからこそヘレンにメディア先生を呼びに行かせたのだ。

「エルフの森にある『命の泉』が穢《けが》されたという話までは」

僕はバトレルから聞いた話をそのまま喋った。どうやら大事な泉が汚れたので浄化をお願いしに来たらしい。

もし毒によって穢されたのであれば、僕の【コップ】でどうにかなるとは思えない。

もちろんドワーフの土魔法やヒューレの氷魔法でも太刀《たち》打ちできないだろう。

となると、その手の専門家はこの地にはメディア先生しかいない。

「実は泉を浄化する以外に、もう一つお主にやってもらいたいことがある」

「えっ、泉を元に戻すだけじゃないんですか？」

「『命の泉』は魔獣によって穢されているのだが、お主には元凶となっている魔獣を退治してもらう。そしてそのあとで、泉を浄化してもらいたいのだ」

とても人にお願いしているとは思えない口調でエリアエルはそう答えた。

「魔獣なんて、強力な風魔法を操るエルフ族なら簡単に倒せるのでは？」

エルフ族の風魔法は、大渓谷の上層に飛んでいる大型魔獣すら容易に倒せるくらいの威力があると聞いたことがある。

いくらセーニャの指名といっても、なぜ僕に頼む必要があるのだろうか。

自分たちでは勝てないほど強い魔獣とか？

たとえば、シーヴァが本気を出せばエルフ族が束《たば》になってかかっても勝てないかもしれない。

「それには事情があるのだ」

僕の疑問に対して、エリアエルが苦々しく口を開いた。

彼女の話によると、魔獣が水中から頑《かたく》なに出てこようとしないため風魔法が使用できず、なかなか倒すことができないらしい。

調査によって『命の泉』の一番底に横穴があることが発見され、どうやらそこから毒素が泉に流れ込んでいることがわかった。エルフたちは早速その横穴の奥を調べようとしたのだが……

潜水隊がその穴に侵入しようとした時、突然中から巨大な魔獣が姿を現したのだ。

当然エルフたちは風魔法で応戦しようとしたが、毒によって粘性の増した水の中では風魔法はほとんど力を発揮できない。

そもそも水中には空気が少ないので通常時でも風魔法との相性は悪いのだが、魔獣の毒によって更にその状況は悪化していたのである。

風魔法が使えないことを悟ったエルフたちは慌ててその場から逃げた。

魔獣が彼らを追いかけて陸地に上がってきてくれればしめたものだったが……

「魔獣は一切追いかける気配を見せず、また穴の中に戻っていったのだ」

魔獣をおびき出そうと何度も挑戦を重ねたエルフたちだったが、結局倒すことはできず泉もどんどん汚れていったという。

「主様はお主ならなんとかできると言っていた」

そう告げると彼女はゆっくりとソファーから立ち上がった。

「そういうわけだから、お主には今すぐ里まで来て魔獣を倒してもらおう」

彼女がそう言った瞬間、バンッと窓が大きく開いた。

同時に強い風の力を感じる。

「なっ⁉」

次の瞬間、突風によって窓から空中へ放り出されていた。

エルフの風魔法によって、空を飛んでいる。

そう気がついた時にはもう、僕は三人のエルフに囲まれるようにして、小さくなっていく町を見下ろしていたのだった。

第二章　エルフの里と魔獣退治と

「死ぬかと思った」

「おやおや。人族というのは本当に惰弱《だじゃく》な生き物だな。あの程度の飛行でそんなに顔が真っ青になってしまうのか」

エルフの森の入り口に着いた僕は、その場にへたり込んで動けなくなってしまっていた。

エリアエルはそんな僕を置いて先にエルフの里へ帰郷《ききょう》の報告に向かった。今ここにいるのは彼女に付き添っていた若いエルフの男女だけである。

慣れない空の旅を連続で行う羽目になったことで神経が過敏になっていたのか、僕は女エルフの言葉に思わず怒鳴ってしまう。

「僕らは普段生身で空を飛ぶことなんてないんだから仕方ないでしょ!!」

シーヴァに運ばれた時はまだ座る場所と命綱があったが、今回はそれさえない完全な身一つでの飛行である。

その上、途中であの大渓谷を通ったのだ。

龍玉が橋の上からなくなったおかげで、魔素に集まる飛行魔獣が大分減ったとはいっても、未だにそれなりの数の魔獣が飛び交っている。

しかも少なくなった餌の取り合いで凶暴性が増しているのか、対岸に渡るまでに魔獣が何度も僕たちを襲ってきた。

幸い三人のエルフはかなりの手練《てだ》れで、簡単に魔獣たちを蹴散らしていたのだが、その中心であっちこっちに振り回された僕は生きた心地がしなかった。

「ふむ。それだけ怒鳴れるならもうよさそうだな。早速だが里に向かい、まずは長老会のみんなに挨拶をしてもらおうか」

男エルフが僕の腕を掴んで立ち上がらせると、森へ歩きだしながらそう告げる。

「長老会って一体どういう集まりなんです？」

「エルフの里の実力者上位四名で構成された会だ。この里のことは全て長老会が議論して決めている」

確かエリアエルも長老会の一員だと言っていたな。

ということはエルフの里で四本の指に入る実力者ということか。

僕はつい先ほど、大渓谷の上空で大型の飛行魔獣を簡単にあしらっていた彼女の姿を思い出す。

同時に、それほどの実力がある彼女たちですら退治できない魔獣を、僕が倒すことができるのだろうかという不安がよぎった。

セーニャが考えもなしに、僕に泉の問題を押しつけたとは思えない。

きっと何か僕にしかできない方法があるのだろう。

今はそれを信じるしかない。

そんなことを思案している間に、男エルフは僕の手を引いてどんどん森の奥に入っていく。

しばらく歩いていると、どこからか発生した霧が僕ら三人を突然包んだ。

濃い霧のせいで方向感覚がまったくわからなくなってしまう。

どんどん濃くなっていく霧に完全に視界が奪われ、頼れるのは僕の手を握りしめている男エルフの手だけだ。

やがてその手すら見えなくなり、視覚以外の感覚もどんどん鈍《にぶ》くなっていく。

「着いたぞ」

虚《うつ》ろになっていた意識がその声によって引きずり戻され、徐々に五感がはっきりしていくのを感じた。

「うっ」

僕は思わず鼻を押さえる。

かつて読んだ書物によれば、エルフの里は風の精霊シルフに守られており、森の香りを含んだ優しい風が常にそよいでいる清廉《せいれん》な土地のはずだった。

それなのに、僕の嗅覚が最初に捉えたのは腐臭に似た臭い。

「げほっ、げほっ」

もしかしてこれも命の泉が毒に侵されているせいだというのだろうか。

僕は袖で口元を覆い、臭いに少し慣れてきたところで周りを見渡す。

そこにはところどころに生えた木に寄り添うようにして木造の家が十数軒建ち並んでいた。

そんな中、一際僕の目を引いたのは村の中央にある巨木と、その根元をぐるりと囲むように作られた石造りの建物である。

巨木の根を守るように建てられたその建物は、他のものと様式からして違っている。何か特別な意味があるものなのだろうか。

「もう落ち着いただろう。長老たちのいる神殿はこっちだ」

里まで導いてくれた男エルフが僕を急かして進む。

行く先はどうやらあの巨木を囲んでいる建物らしい。

里を漂う臭いに慣れているらしい男女のエルフは、咳き込む僕を気遣う様子もなくどんどん先へと進んでいく。

「げほっ」

それにしてもひどい臭いだ。これでは里のエルフたちもまともに生活ができないんじゃないか。

こんなに状況が悪化しているのでは、僕もいつ毒に当てられてしまうかわからない。

泉から発生する毒から身を守る準備くらいはさせてもらいたかったのだが……

僕はポケットからハンカチを取り出すと、口と鼻を押さえながら二人のあとを追う。

里の中はこの腐臭を除けば特におかしなところはない。

強いて言えば、外を出歩いているエルフをあまり見かけないことくらいだろうか。

「長老様、対岸領の領主シアン＝バードライを連れて参りました」

男エルフが空中に向かって言葉を発した。

里の様子を興味深く観察しながら歩いているうちに、目的地である巨木の下にたどり着いたようである。近くまで来ると石造りの建物は神殿らしく、様々な壁画は芸術的とも言える。

エンティア先生がこの場にいたなら、さぞかし興奮して制御不能になっていただろう。

「話は聞いておる。入るがよい」

そんな声と共に、目の前にある石でできた扉がゆっくりと開く。

僕は後ろから女エルフに背中を押され中に入った。

扉の中は思ったより広い部屋になっていて、窓もないのにどこからか光が差し込んでいた。

その光を不思議に思いつつ、目の前に並ぶ四人の姿に視線を向ける。

部屋の奥には大木の根が広がり、その前に左右二人ずつ、四人のエルフが分かれて立っていた。

一番左は年若い男のエルフ。

その横も若い女のエルフ。

少し間を空けて右側も若年の男エルフ。

最後に僕を強制連行してきたエリアエル。

全員見た目が若い。

「長老とは一体……」

僕の呟きが聞こえたのか、左正面の女エルフが口元を押さえて微かに笑う。

「エルフ族以外の者は大抵、みんな同じような反応をするのう」

その仕草は外見の若々しさと反してかなり年老いた印象を与え、僕は目の前のエルフが自分よりずっと年上だということに気づいた。

「エルフ族は長命だと聞いてはいましたが、長老様方の外見には驚きです」

「これでも同じエルフ同士では年老いているのがわかるのだけどね」

「そうなのですか。自分には皆さん同じように若く見えます」

「お世辞だとしても嬉しいのう。ところでエリアエル」

「はい、なんでしょうか長《おさ》」

女のエルフに話しかけられたエリアエルは右端で畏《かしこ》まったように顔を向けた。

どうやら左正面の女エルフがこの里の長のようだ。

「領主様に命の泉の現状を伝えて差し上げなさい」

「はい。シアン殿、私がこの地から離れている間に事態は更に悪い方向へ進んでいますわ」

「悪い方向ですか」

エリアエルの喋り方が今までの僕に対するものと違っていることに戸惑ったが、今は話を聞くべきだと先を促す。

「命の泉から周辺へ毒の浸食が始まって、森の木々が次々と枯れ始めているのです」

この里に漂う腐臭からすれば然《さ》もありなんである。

「なので一刻も早く魔獣を討伐していただけないでしょうか？」

「お頼みできますか？」

「主様がご指名なさったのだ。さぞかし力のある者なのであろう？」

長老会のエルフたちが口々に僕に言う。

セーニャ直々《じきじき》に指名された僕は、よほど強い力の持ち主だと思われているらしかった。

けれど僕は【コップ】から液体状のものを出すことしかできないわけで。

むしろ様々な知識を持つエンティア先生やメディア先生の方が適任ではなかろうか。

あとでエルフたちに頼んで二人も連れてきてもらおう。

さて、彼女たちがエルフの里に来るまでの間に、一度その命の泉とやらの様子は見ておくべきだろうか？

しかし、周りの木々も枯れるような強い毒を放っている泉に、このまま行くのは自殺行為だ。

僕は長老会の四人に、泉を調査するにあたりお願いしたいことを二つ伝えた。

一つ目はメディア先生とエンティア先生の招集。

二つ目は安全確保についてだ。

「ふむ。その二人についてはすぐにでも迎えを出そう。そして安全の確保についてだが――」

「私が同行いたします」

長の視線を受けてそう声を上げたのはエリアエルである。

エルフ族に伝わるシルフの加護という魔法を使えば、体の周りが空気の層で守られ、直接毒素が触れるのを防げるという。

彼女はその魔法を使えるので、今回僕に同行して毒から身を守ってくれるらしい。

「よろしく、エリアエルさん」

「こちらこそ頼みます。それでは長、行って参ります」

「気をつけて。魔獣は今のところ洞《ほら》から出てこぬが万が一ということもある。十分注意せよ」

不吉な言葉に送られながら僕と彼女は神殿をあとにし、パハール山の麓《ふもと》にあるという命の泉へ早速向かうことにした。

◇　◇　◇

「げほっ」

命の泉に近づけば近づくほど腐臭が強くなっていく。

里ではハンカチで口と鼻を押さえていればなんとかなったのだが。

「シアン殿、大丈夫ですか？」

エリアエルが僕を心配そうに気遣う。

長老会の神殿以降、妙に優しいというかそれまでの尊大な態度はなんだったのかというくらい彼女の雰囲気が変わった。彼女の中で、何か心境の変化があったようだ。

「臭いがきついですね。これだけの状況だと、草木に影響が出てるというのも理解できますよ」

僕は腐臭に顔を歪《ゆが》めながらなんとか答える。

「里の外からいらした方にはやはり辛いのですね。それでは早めにシルフの加護を展開させていただきますわ」

エリアエルは立ち止まり、僕の額に手を伸ばす。

彼女が差し出した手のひらを興味津々で見つめる僕の額に、「ふっ」と優しく冷たい風が吹きつけた。

するとどうだろう。

徐々にその風が僕の体を包み、先ほどまであれほど臭っていた腐臭がほとんど感じられなくなっていた。

「これがシルフの加護」

「ええ。これはその中でも一番簡易的なものですが。これでシアン殿の周りに薄い空気の層ができて、様々な脅威《きょうい》から保護されますわ」

「凄いな。さすがエルフ族の魔法だ。貴族の中でも風魔法を使える人はいるけれど、ここまで見事に制御できる者は一人もいないですよ」

僕は感心しながらハンカチを仕舞うと、エリアエルに軽く頭を下げてお礼を告げた。

ことのついでに彼女の態度が急変した理由を尋ねてみることにする。

「エリアエルさん。エルフの里に来てから——というか長老会で長の話を聞いてから急にあなたの態度が柔らかくなったような気がするんですが、何か理由があるんですか？」

「それはですね……お恥ずかしい話なのですが、妾は人前に出るのが苦手でして」

「はい？　それと態度が変わったことと何か関係が？」

「同族の間だと普通に振る舞えるのですが、外に出ると緊張のあまりきつい口調になってしまうのです」

「……それでは外交にまったく向いてないのでは？　なぜ長老会の方々はあなたを僕の元に遣わせたんですかね」

「実は、それをお決めになったのは長老会の皆さんではございませんの」

言いづらそうにしている彼女の姿を見て、僕はすぐに犯人の顔が頭に浮かぶ。

「セーニャ様ですね」

「ええ。主様が長老会の一員になったからには、外の方々とのやりとりに慣れなければいけない、シアン殿であれば態度の悪い時の妾でもきっと無下《むげ》にしないからと……お供の者たちもなぜか妾の調子に合わせてくれて」

申し訳なさそうにそう告げるエリアエルからは、領主館で見せた『これぞエルフ族』と思えるような高慢さは一切感じられない。

里の外に出るたびにあの性格になってしまうのだとしたら、確かに早めに修正してあげないと、エルフ族に対するイメージが悪くなっていく原因になりかねないし、最悪里に引き籠もるしかなくなるだろう。だがそんな理由があったとはいえ、なんの説明もなしに彼女を僕の元へ送り込むとは。

セーニャのいい加減さというか、大雑把《おおざっぱ》さに少し嘆息《たんそく》してしまう。

領主館でエリアエルに対面した人たちは、彼女やエルフ族にいい印象を持ってはいないだろう。

本来の彼女がこんなに気弱で大人しい性格だとは想像もしていないと思う。

いや一人、師匠だけは彼女のことをよく知っている様子だったから、みんなに説明してくれているといいのだが。

「今までそんな状態で問題は起こらなかったのですか？」

「はい。でもいつもはあそこまで酷くはないのです」

「そうなんですか？」

「今回は主様のご指名ということで気合いが入りすぎていたということもあるのですが……」

エリアエルは大渓谷の方に視線をさまよわせ言葉を続ける。

「まさか領主館にモーティナ様がいるなんて思わなくて」

「詳しくは知らないけど、あなたとモーティナ師匠は昔からの知り合いなのですよね？」

「……幼馴染みでしたわ」

当時、エリアエルは歳の近い師匠を姉のように慕《した》い、いつも後ろをついて回っていた。

引っ込み思案《じあん》なところがある彼女にとって、いつも快活で好奇心旺盛に走り回るモーティナ師匠は憧れの存在だったのだそうだ。

けれど師匠はある日突然エルフの里を出ていってしまった。

姉妹のように過ごしてきた師匠が、エリアエルに相談もせずに飛び出していってしまったことに彼女の心は深く傷ついた。

「いつかこの地を出てモーティナ様を探し出し、あの日のことを問い詰めようと決心したのです。そのために自由に外の世界へ出ることができる長老会の一員になったんですわ」

「長老会の一員じゃないエルフは里の外に出ることはできないのですか？　エリアエルさんと一緒にやってきた二人は長老会の一員ではないのですよね？」

「少しの間なら可能ですわ。しかし里から遠く離れた地へ行くことは掟《おきて》で禁止されていますの。まさかこんな目と鼻の先にいたなんて」

「師匠が領主館というかデゼルトの町にやってきたのはつい最近ですよ。それまではかなり遠くの町まで行っていたんじゃないかな」

「そうなのですか。妾はてっきり」

領主館でエリアエルは師匠と顔を合わすなり、激高して大喧嘩を始めたと聞いている。

彼女は師匠を探し出すために様々な苦労をしてきたのだろう。

それがこんなに近くの町にいたとあっては、驚きや悔しさ、様々な感情が溢れ出し冷静でいられなくなってしまうのも頷ける。

「この件が終わったらもう一度モーティナ師匠と話し合う場を作りますから、ゆっくり気持ちを伝えましょう。そうすれば、師匠がどうしてエリアエルさんに何も言わず出ていったのかわかると思いますよ。喧嘩をするのはそれからでいいじゃないですか」

「……そうですね。ありがとうございます、シアン殿」

「お礼は命の泉を元に戻してからでいいですよ。さて、話をしている間に見えてきたようですね」

湯気のようなものが満ちた先に、泉が見える。

黒く濁った水面に、ボコボコと泡が浮かんでは破裂し、そのたびに何か黒いものがまき散らされている。

まさに地獄のような光景であった。

シルフの加護に守られていても完全には防ぎ切れない腐臭に眉を顰《ひそ》め、足を進める。

泉に近づくにつれ周囲の気温が上がって、蒸し暑さも感じるようになってきた。

もしかして目の前の泉が泡立っているのは沸騰《ふっとう》でもしているせいだろうか？

それとも泉の水が腐って発酵し、熱を発しているのだろうか？

あんなもの、どうやって浄化すればいいのさ。

僕は黒く泡立つ水面を絶望的な気分で眺め、しばし立ち尽くす。

セーニャが僕なら解決できると任せてくれたからには解決法はあるのだろうけれど、もしかして【コップ】で作り出した水を流し込むと浄化されるとか？

そんな簡単に解決するなら苦労はしないか。

「一応試してみよう」

「何をですか？」

「ん、僕の力を使って泉の浄化ができないかなと思いまして」

「そんなことが可能なのですか!?　さすがは主様が認められたお方」

「あくまで試してみるだけですから。そもそも僕の【コップ】の力に『浄化』なんてものはないですし」

僕は手に【コップ】を呼び出すと、いつものようにスキルボードで【水】を選択する。

「あまり近づきたくはないんだけどな」

腐臭に耐えながら泉に近寄ると僕は【コップ】を傾けた。

どぼどぼどぼ。

勢いよく【コップ】から水が泉に注ぎ込まれる。

だが、予想通りその水面にはまったく変化が見られない。

「やっぱり無理か」

「残念です」

僕は泉のそばにしゃがみ込み水面を観察してみた。

命の泉という名前からかけ離れ、透明度のまったくなくなったこの水中に、魔獣が潜んでいるという。

「そういえばエルフの皆さんは泉の底まで潜って魔獣と戦ったのでしたね？」

「ええ、妾も二度ほど」

「シルフの加護で体を包んでいるとはいえ、こんな水中に潜るなんて、僕には到底できませんよ。皆さん勇気がある方ばかりなんですね」

エルフ族の精神力の強さを褒めると、なぜかエリアエルは微妙な表情を浮かべる。

何か間違ったことでも言ってしまったのだろうか。

不安に思って彼女を見上げると、少しだけ表情を和らげて教えてくれた。

「実は少し前まではここまで酷い状態ではなかったのです」

「それってどういうことですか？」

「最初の頃は少し水が濁っていた程度だったのですが、何度も魔獣と戦っているうちに魔獣の体からどんどん毒素が流れ出して――」

エリアエルが語るには、魔獣を傷つければ傷つけるほど毒が体から吐き出されるらしく、それを繰り返しているうちに汚染が酷くなっていったという。

水中では風魔法が上手く使えないことに加え、これも彼女たちが自分たちでの魔獣退治を諦めた理由であるらしかった。

「その魔獣のことなんですけど、種類はわかってるんですか？」

何度も戦っているなら、見通しの悪い水中でも姿かたちは確認しているだろう。

それなのにエルフたちはまだ僕に魔獣の種類を教えてくれていなかった。

「わからないのです」

「わからない？　どうしてですか？」

「魔獣の姿が我々の知るどの種類のものとも合致《がっち》していないからですわ」

毒によって濁った水の中でかろうじてフォルムは確認できたものの、それはエルフ族が知っているどの生物とも合致しなかったという。

「新種か、もしくはこの地方には棲んでいない魔獣がどこからか移住してきたのか。思いつくのはそんなところですかね」

魔獣は底にある横穴から離れることはないらしいが、正体がわからない以上油断はできない。

突然水面に浮上して襲いかかってきてもおかしくはない。

「エリアエルさん。とりあえずいったん里に戻りましょう」

僕は立ち上がり、泉のそばから離れそう告げる。

今、一人の状況では何もわからない。

けれど僕の仲間には、博識で頭脳明晰な二人の『先生』がいる。

彼女たちの知識が森の知恵者と呼ばれるエルフより優れているかどうかはわからないが、エルフ族とは別の知見《ちけん》を得て、問題を解決できるかもしれない。

彼女たちが世界中から集めた多種多様な知識はきっと役に立つだろう。

「先生たちが有効な手段を発見したとして、それが僕の力でなんとかなるものであればいいんだけど」

里へ戻りながら、僕はそう願うのだった。

◇　◇　◇

「いやぁ、伝説のドワーフの村に続いて、幻のエルフの里にまで来ることができるなんて。坊ちゃんについてこの領地にやってきて本当によかった」

「大渓谷からこっちは僕の領地じゃないけどね」

泉から里に戻ると、ドワーフの村に滞在していたエンティア先生がエルフに連れられてやってきていた。

エンティア先生はドワーフの村に行った時と同じように、興味深げにあちらこちらをうろついては手帳に何かを書き留めている。そして時折、里の者に声をかけて迷惑そうな顔をされていた。

僕は呆れながらエンティア先生を人気のない神殿前まで連れていくと、エリアエルと共に話を聞くことにした。

「研究熱心なのもいいけど、もう少し落ち着けない？」

「これほど興味深いものを前にしてそれは無理というものですよ。しかも聞いていたほどエルフ族は排他的《はいたてき》ではありませんしね。少し迷惑そうな顔はされますが、質問には大抵答えてくれます」

「迷惑に思われてると感じたならやめようよ」

気づいていてしつこく声をかけ続けていたエンティア先生に、僕は少し引いてしまう。

王都にいた頃の彼女は真面目で冷静な面しか見せていなかったから、デゼルトにやってきてからの変貌ぶりには驚かされるばかりである。

といっても当時、家庭教師用に与えられていた部屋のそこかしこにその片鱗《へんりん》があったのだが。

「嫌そうな顔をしても、一度語りだすと止まらないところを見るに、彼らは実は我々と交流したくてたまらないのでは？」

今すぐにでも里の中心部へ戻りたそうなエンティア先生に僕は小さくため息をつき、たしなめる。

「エルフの里の研究はあとにして。今回僕が先生を呼んだ理由は聞いてる？」

「ええ、もちろん。命の泉でしたかね。それについては私も昔手に入れた文献で読んだことがあります」

「というと？」

「まだ人族とエルフ族の交流が盛んだった頃に商人が書いた本……という体《てい》で古物商《こぶつしょう》が売っていたのを手に入れたのですがね。『奇書』として扱われていたので坊ちゃんが出入りしていた書庫などには置かれてなかったのでしょう」

エンティア先生は『奇書』の内容を思い出すように軽く目を閉じ、もう一度目を開いて僕に問いかける。

「坊ちゃんはこの里に充満する香りをどう思いますか？」

「香り？　この腐臭のこと？」

「腐臭……ですか。まぁ、そうですね。よく卵が腐ったような臭いと言われてますしね」

「これがどうかしたのかい？　命の泉を見てきたけど、あれだけ汚染が進んでいたらこんな臭いがするのは当たり前だと思うよ」

「私はまだ見てませんが、坊ちゃんがそう言うのであれば汚染によってこの臭いが生じている可能性もあるでしょう。ですが――」

エンティア先生の言葉を継ぐようにエリアエルが首をかしげ口を開く。

「シアン殿。妾の知る限り、この香りは昔からですわよ」

「ええっ、臭いが蔓延《まんえん》し始めたのは泉が穢されてからじゃないんですか⁉」

「はい。ずっとこのままです」

驚愕《きょうがく》する僕を横目に、エンティア先生が苦笑気味に僕の疑問に答える。

「この香りはサルファーの香りですよ」

「サルファー？　確かサルファーは……もしかして命の泉の正体って」

「さすが坊ちゃんはご存じでしたか」

エンティア先生が読んだ『奇書』によれば、命の泉はエルフの里の近くに存在する『温泉』のことだという。

温泉には様々な種類があり、その中の一つに強い匂いを発する『サルファー』という成分を含むものがあると本で読んだことがある。

僕はサルファーの匂いを体験したことがなかったので、てっきりこれが泉の汚染によって生じたものだと思い込んでいた。温泉かもしれないなんてことは、まったく思い至らなかったのだ。

どうりで『命の泉』の近くの温度が高かったはずだ。

エンティア先生の持つ『奇書』には、エルフたちはその温泉に浸かり湯を飲むことで若さを保っていると書き記されていたとか。

「温泉に入ると健康になることは僕の読んだ本にも書いてあったけど、エルフ族みたいに長寿になったり、若い見た目のままでいられたりするなんてことは書いてなかったよ」

「でしょうね。私もその部分については眉唾《まゆつば》だと思ってますよ」

エンティア先生はそう言いながら、僕の横に立つエリアエルに視線を移す。

それに気がついた彼女はエンティア先生の言いたいことを理解したように頷き、口を開いた。

「『命の泉』は他の地にあるサルファーの温泉とほとんど変わりはありませんわよ。長寿なのは種族の特性ですわね」

寿命が延びるわけではないというのは残念だが、書物でしか知らない温泉が目の前にあるのは少しわくわくしてしまう。

魔獣の毒素のせいで、今はとても入浴できるような状態ではないが、魔獣を退治すれば元の温泉に戻るはずである。

その時には――

僕が泉を浄化したあとのことに思いを馳せていると、突然里の入り口の方から大きなざわめきが起こった。

中には悲鳴を上げてこちらに逃げてくるエルフもいる。

そして口々に「魔獣だ！」「助けてぇ！」と叫んでいるではないか。

「何があったんですかね」

エンティア先生が叫び声のする方を見ながら言う。

「もしかしてあの魔獣が泉からこの里に？」

「そんな。あの魔獣が泉の底にある横穴から動くことはないはずですわ」

僕は魔獣が泉から出てきてしまったのではないかと心配したが、その考えはエリアエルにあっさりと否定されてしまった。

とにかく何かが起こったことは間違いない。

騒ぎの元凶を確認しようとするが、里の中に木々が生い茂っているため見通しが悪く、遠くまで見ることができない。

仕方なく僕はエンティア先生とエリアエルと共に里の入り口まで走っていった。

「あっ……」

「なるほど、そういうことですか」

「な、なんなのですかあれは」

里の入り口までやってきた僕らの目に入ったのは、真っ白な白衣をたなびかせるメディア先生。

そして――

「どうして魔植物たちまで一緒にいるんだよ」

うねうねと枝や触手を動かしてメディア先生の後ろに控える魔植物たちの姿だった。

◇　　◇　　◇

エルフの里を恐怖に陥《おとしい》れた騒動からしばらくして、僕は命の泉にメディア先生とエンティア先生、そして三体の魔植物たちと共にやってきていた。

もちろん案内役のエリアエルも一緒だ。

たどり着いて早々、魔植物が運んできた袋を器用に地面に降ろすと、メディア先生はその中から様々な道具を取り出し始めた。

彼女を迎えに行ったエルフから話を聞いて、必要だと思われるものをかき集めて持ってきたらしい。

魔植物たちは荷物運びだけでなく、メディア先生の助手としても使えるということで連れてきたとのことだった。

迎えのエルフたちは魔植物を連れていくことにかなり難色を示したらしいのだが、メディア先生の熱意に負けて渋々同行を承知したのだとか。

一方で一緒に来るかと思っていたシーヴァはサルファーの臭いが苦手らしく、エルフの森には近づきたくないと言ってどこかに姿をくらませたらしい。

魔獣をシーヴァに倒してもらおうかとも考えていたが、それは最終手段にするしかなさそうだ。

「それじゃあ成分を調べてみるさね」

手袋をして準備万端のメディア先生が泉を覗き込みながら宣言する。

大きめのジョッキのような容器で泉の水を掬《すく》うと、何個か用意していた小さめの細いガラス瓶に小分けしていく。

「今枯れているのは泉に近い木々だけですか。これはもしかすると……」

エンティア先生は泉の周りの植物を調査しつつ、愛用の手帳にメモを取り続けている。

全員にシルフの加護がかかっているとはいえ、相変わらずの熱気と臭いで僕は既に戦線離脱してしまっていた。

こんな状況でも血眼《ちまなこ》になって調査する彼女たちの精力的な働きには感心を通り越して恐怖すら覚えてしまう。

「先生たちって、自分の興味があることが目の前にあると周りの環境がまったく気にならなくなるんだよなぁ」

メディア先生は王都にいた頃から変わらずだが、やっぱりエンティア先生はデゼルトにやってきてから症状が悪化している気がする。

「やはりそういうことですねこれは。メディア先生、少しいいかな？」

エンティア先生が泉の水を調査していたメディア先生を呼んで、腐った木を指し示し何やら説明をしている。

時折メディア先生やエリアエルが言葉を返しているが、泉から離れた場所に避難している僕にはその声が聞こえない。

「いつまでもこうしてるわけにはいかないいか」

仕方なく僕は重い腰を上げ、三人の元へ向かうことにした。

泉に近づくにつれ気温が上がり、熱を含んだ湿った空気が僕にまとわりついてくる。

気温もだが、湿気が特にきつい。

「何かわかったのかな？」

三人の元にたどり着いた僕が声をかけると、エンティア先生が地面を指さす。

「草木が枯れた原因は大体特定できましたよ、坊ちゃん」

地面に何かあるのだろうか？

「泉からちょうどこのあたり。草木が枯れているところまでかなり地面が黒くなっていますでしょう」

「これって泉の水が土にしみこんでいるってことかな？」

「そうです。この黒くなっているあたりは元々土が水を伝えやすい状態だったのでしょう」

エンティア先生が愛用の眼鏡を曇らせながら答える。

あの状態ではまったく見えていないのではなかろうかと心配になるが、彼女はそれを拭《ぬぐ》おうともしない。

もしかして伊達眼鏡なのか？

「つまり泉の毒が土を伝わってここまで届き、草木を枯らしたということかな」

「半分正解で半分間違いさね」

今度はメディア先生が細いガラス瓶に入れた泉の水を振りながら答える。

そしてそれを僕の目の前に持ってくると——

「そもそもこの泉の水には『毒』は混ざってないんさよ」

と、衝撃の言葉を口にしたのだった。

「どういうこと？　毒のせいじゃないなら、どうして草木が枯れてるんだ？」

「この状態から推測するに『栄養過多』で枯れたと思われるさね」

魔獣のせいで栄養過多？

「意味がわからない。エリアエルさん、わかります？」

僕は隣に立つエリアエルに視線を向けるが、彼女も「妾にもさっぱり」と首を振るばかりで答えは返ってこない。

仕方なく僕は二人の先生に詳しく話を聞くことにした。

「泉の水を調べたけどね。毒になりそうな物質は検出されなかったんさよ」

「その代わりにどちらかと言えば植物にとっては栄養になりそうなものばかり出てきてね」

「通常の土に含まれている栄養素の二倍くらいさね。でもそれくらいで急速に植物が枯れるなんてことは普通はないさよ」

交互に話すメディア先生とエンティア先生から驚きの調査結果が伝えられる。

だとすると何が原因なのだろう。

僕はメディア先生が持つ黒い水を見ながら考える。

だが、二人の先生がわからないことが僕にわかるはずもなく。

「とにかく今わかったのはそこまでさね。研究室に戻って別の器具も使ってもう少し詳しく調べれば、何か出てくるかもしれないけどね」

「とは言っても、このままだとどんどん土や木々への浸食は進んでいくでしょうし、今のところ影響の出ていない人体にも何かしら影響が出始めるかもしれません。早急に対処しないと」

魔獣が自然にどこか別の場所に移動してくれるのを待つという手もあるが、泉から出ていってくれる保証はない。

「じゃあやっぱり」

「ええ。結局原因となっている魔獣を倒すしかありませんね」

エンティア先生はそう答えたあと、泉の方を振り返った。

「新種の魔獣……ぜひ生け捕りにしたいものですが難しいでしょうね」

そして、残念そうに呟くのだった。

◇　◇　◇

「い、いくよ」

「思い切ってガバッといくさよ！　今更尻込みをすることは何もないさよ！」

右手に取り出した【コップ】が震える。

ああ、女神様っ！

僕はまた禁忌《きんき》を犯します。

「坊ちゃん、早くしてください」

エンティア先生が僕を急かす。

ゴクリと唾を呑み込み、ゆっくりと真っ黒な水が入ったガラス瓶に【コップ】を近づけていく。

「ごめんなさい女神様っ」

そして僕は目を瞑《つむ》りながら一気にその中身を【コップ】へ流し込んだ。

魔肥料をつくるために糞尿を流し込んで以来、二度目の禁忌である。

といっても別に女神様から怒られたわけではないから禁忌なのかどうかはわからないのだけれど。

「これで何かわかればいいんだけどね」

僕は泉の水が入った【コップ】を眺めながらそう言った。

一体何をしているのかといえば、泉の水の調査に僕の【コップ】が使えるのではないかとメディア先生が突然言いだしたのだ。

【コップ】で複製したものは自動的に名前がつけられ、名称がスキルボードに表示される仕組みになっている。

それを利用すれば、泉の水がどのような状態かわかるのではないかという魂胆《こんたん》だ。

メディア先生に【コップ】の能力を詳しく話した記憶はないのだが、日頃の僕の言動から推測したのだろう。恐ろしい観察眼である。

「坊ちゃん」

「わかってる」

僕はいつものようにスキルボードを開く。そして一覧の中から目的のものを――

「あれ？　ないぞ」

スキルボードを上から下まで何度見直しても、それらしきものが見当たらないのだ。

僕はてっきり【腐敗温泉水】とか【汚れた温泉水】とでも登録されると思っていたのだが。

何度見直しても見つからないことを僕はメディア先生たちに話す。

「どういうことだろうねぇ」

「入れる量が足りなかったのでは？」

「いや、いつもはこれくらい入れれば十分だったはず」

三人で額を寄せ合ってあーだこーだと話し合う。

エリアエルだけは、僕の能力について詳しく知らないため蚊帳《かや》の外である。

「今まで坊ちゃんの神具で取り込めなかったものに、何か共通点があるかもしれないさね」

「取り込めなかったものというと、他には魔獣の血くらいしか思い浮かばないけど」

「この泉の水が黒く濁っているのは、魔獣の体液が関係しているのかもしれないですね。もしかして魔獣由来のものは複製できないのかも」

エンティア先生が言う通りであれば、泉の水が取り込めなかったのも一応筋が通る。

そもそも僕の【コップ】が魔獣の血を受けつけない理由は未だにわからないのだが。

「……もしかしたら」

突然メディア先生が何かを思いついたらしく、離れたところで待機していた魔植物たちの方へ走っていく。

そしてしばらく何やらやっていたかと思うと、一匹の魔植物を連れて戻ってきた。

「やっぱり思った通りだったさね」

メディア先生は、無色透明な液体の入ったガラス瓶を僕らの目の前に突き出した。

「それは？」

「そこで汲んだ命の泉の温泉水さね」

「でも色が黒くないですよ」

僕とエンティア先生が瓶を覗き込みメディア先生に問うと、彼女は懐から別の黒い液体が入った瓶を取り出した。

先ほどから何度も目にしている泉の水である。

「ジェイソン、さっきやったみたいにできるかい？」

どうやらメディア先生が連れてきた魔植物はジェイソンだったようだ。

正直見かけだけではどれが誰なのかさっぱりわからないが、ジェイソンが黒い液体の入った瓶にツタを伸ばす。

そしてウネウネとさせながら瓶の中にツタを突っ込み——

「これは」

「どうして」

瓶の中の黒い液体が、みるみるうちに透明になっていくではないか。

やがて完全に色がなくなったところで、ジェイソンがツタを瓶から引っこ抜く。

僕らの疑問に満ちた視線がメディア先生へ向かう。

「これは一体どういうことなんですか、メディア先生」

「泉の色が黒くなった原因を取り除いただけさね」

「その原因とは一体なんなのですか？　教えてくださいませ」

僕たちの後ろからエリアエルが焦った声で質問する。

「原因は『魔素』さね」

「魔素というと……あの魔素？」

思いがけない答えに、僕は拍子抜けしたような声を上げる。

「他に何かあるのかい？　この命の泉の水には魔素が含まれていたさね。それもかなりの高濃度で。

おそらく泉の底に棲んでいる魔獣は元々傷を負っていて、その血液が水に溶けだしてしまったんだろう。魔獣の体内に溜まっていた魔素が血液と共に流れ出し、温泉が黒く濁ってしまったということとさね」

メディア先生の推測を聞いて、それならばエルフ族が攻撃をするたびに泉が濁っていったことにも説明がつくと僕は一人納得する。

「じゃあジェイソンが今やったのは、その魔素を吸い取ったということですか？」

僕の言葉にジェイソンがゆらゆら揺れた。

魔植物の餌は魔素を含む肥料だったはずだ。

普通の植物には害となる高濃度の魔素も、魔植物たちにとってはご馳走《ちそう》である。

メディア先生は、その特性を利用して泉に魔素が含まれているかどうか調べたのだった。

「坊ちゃんの【コップ】が取り込めないものとわかった時気がついたさよ。もしかしてこの水の中には魔素が混ざっているんじゃないかってね。でも今回は魔素を測定する器具は持ってきてなかったから仕方なくジェイソンに頼んだわけさね」

そう答えながらメディア先生は横でうごめくジェイソンを労《ねぎら》うようにポンポンと叩く。

嬉しそうにうごめくジェイソンをエリアエルはかなり気持ち悪そうな目で見ている。慣れていない者からしたら当たり前の反応だろう。

「それじゃあ魔植物たちに泉の水を全部浄化してもらったらなんとかなるんじゃないですか？」

僕はメディア先生に聞いた。

「さすがにこれだけの量をここにいる魔植物たちだけに吸収させれば、すぐに栄養過多で枯れちまうさよ。それとも泉の魔素を全て吸収できるまで魔植物たちの数を増やすかい？」

僕はエルフの森に大量にうごめく魔植物たちの姿を思い浮かべてゾッとした。

「せめて泉から魔獣を引きずり出せればよいのですけれど」

黒ずんだ泉を悲しそうに見つめ、エリアエルはそう呟いた。

◇　◇　◇

命の泉が黒くなった原因を突き止めた僕らは、綺麗な泉を取り戻すため魔獣討伐の作戦を練っていた。

エルフたちが苦戦している一番の理由は、相手が水中にいるということだ。

泉の底にいる魔獣はどれだけ挑発しても、誘導しても、その場所を動かないらしい。

メディア先生の推測通り怪我をしているとするならば、そこから動けないほど酷い状態の可能性がある。

温泉は病気や傷を治す効果があると聞く。

もしかするとその魔獣も、治療のためにこの温泉にやってきたのかもしれない。

「いっそのこと泉の水を全部なくせればいいんだけどね。これだけの量を抜くのは難しいだろうし、温泉ならどんどん湧《わ》いてくるだろうしねぇ」

そうだ、そのことをすっかり忘れていた。

泉の水が地面から湧いているとしたら、溢れた水は一体どこへ排水されているのだろう。

「それならあちらですわ」

それをエリアエルに尋ねると、泉の脇に作られた水路へ案内された。

それは昔エルフ族がドワーフに頼んで作ってもらった排水路なのだという。

「この排水路はどこへ繋がっているんですか？」

「里の脇を通って大渓谷に流れ込む川まで続いていますわ」

「大渓谷に流れ込む川……ってまさか、セーニャ様の龍玉が堰《せ》き止めていた橋に流れ込んでる川じゃないよね」

もしそうだとすると、この魔素が溶け込んだ水がデゼルトの町まで流れていることになる。

「坊ちゃん落ち着きな。たとえその川に流れ込んでいたとしても、町に流れ込む頃には悪い影響はないくらいまで薄められているさね」

「そうなの？」

「簡単に計算してみましたが、少し栄養が豊富な水と考えて問題ないでしょう。そもそも川の水などには、ある程度の魔素が溶け込んでいます」

「エンティア先生がそう言うなら大丈夫なのだろうけど。それでも急いで対処した方がいいと思う。魔獣の体液だからね。何かのきっかけで毒へ変質する可能性もあるかもしれないし」

僕たちはいったん泉から離れた場所で休憩を取りながら、案を出し合うことにした。

泉のそばにずっといたせいで全員が汗だくになってしまい、脱水症状を起こしかけていたからだ。

「エルフがいつも温泉上がりに飲んでいるカウーラの乳を用意してきました」

エリアエルが腰に下げた水筒を持ち上げてそう言った。

カウーラというのは牛の変異種だったはずだ。

王国内でも多数飼われていて、その乳を利用した製品もたくさん出回っている。

ただ、カウーラは普通の牛の二倍ほど牧草を食べるらしく、王都近郊では育てられない。

その乳を加工せず飲めるのは飼育している村の近辺に限られ、僕は飲んだことがなかった。

「エリアエルさん、カウーラの乳を僕の【コップ】に少し入れてくれますか？」

「ええ、かまいませんわ。この乳を取り込むのですね」

「それもあるけどさっき泉の水が取り込めなかったので、この【コップ】の力が問題なく作動するか一応調べておきたいんです」

僕は握っていた【コップ】をエリアエルの前に差し出す。

彼女がゆっくりと水筒を傾け乳を注いでいる間、僕は出現させたスキルボードを眺めていた。

「おっ、きちんと取り込めました。エリアエルさん、ありがとうございます」

ズラッと並んだスキルボードの中に【カウーラ乳】という文字が追加されたのを目にして、僕はエリアエルにお礼を告げる。

「お力になれて光栄ですわ。それでは皆さんもカウーラの乳をどうぞ」

彼女は他の二人の前に置かれたティーカップにカウーラ乳を注いでいく。

最後に自分の分を用意して椅子に座ったのを見届けて、僕は【コップ】を掲げる。

「まだ解決できる目処は立ってないけど、とりあえず今は少し休んでからもう一度考えることにしよう。乾杯」

三人がそれぞれティーカップを掲げ、僕に続いて「乾杯」と言うとカウーラ乳に口をつける。

もちろん僕も【コップ】に注がれたカウーラ乳を喉に流し込んだ……はずだった。

「ん？」

「どうしましたか坊ちゃん」

「いや、【コップ】の中に注いでもらったはずのカウーラ乳がないんだよ」

「【コップ】が取り込んだからなくなったってことじゃないのかね？」

「そんなはずはないよ。だって今まで【聖杯】の力で取り込んだとしても中身はそのまま残って……」

その時僕はあることに気がついた。ほんの少し前の出来事だ。

泉の水を【コップ】に注ぎ込んで取り込めるかどうか試したあと、その水をメディア先生に返した記憶がない。

「あの時、僕ってメディア先生に泉の水を返したっけ？」

「あの時ってさっきかい？　返してもらってないさね。どうせ目の前に山のようにあるんだから気にすることはないさよ」

「いや、そうじゃなくって。僕、取り込めていないのを確認はしたけど、【コップ】の中の水は捨ててないんだよ」

「ということはもしかして【コップ】の中に入れたものは……」

僕はその言葉に小さく頷き、エリアエルの方を向いた。

「もう一度、カウーラ乳を【コップ】に入れてみてくれないですか？」

彼女はまだ状況を飲み込めていないようだが、素直に僕の【コップ】へカウーラ乳を注ぎ込んでくれる。

「さて、どうなったかな」

【コップ】の中を覗き込み、僕は絶句する。

今、目の前で確実に注ぎ込まれたはずのカウーラ乳が【コップ】の中に水滴一つ残さず消えてしまっていたのだ。

今まではこんなことはなかったはずだ。

だとすると【コップ】の機能が変わった？

「あっ」

そこまで考えた時に僕は思い出した。

シーヴァのダンジョンから急いで領主館に戻る道すがら、僕は聞いたのだった。

『条件を満たしました。【聖杯】の力が一部開放されます』

今まで何度も聞いた女神様の声を。

「【コップ】の能力が開放されていた……ですか」

「ああ、ダンジョンから戻る途中のことだったから今まですっかり忘れてたよ」

というか空を飛んでいた間の記憶はほとんどないのだけれど。

かろうじて思い出すのはシーヴァに馬鹿にされたことと、嬉しそうにはしゃぐヘレンの横顔くらいだ。

「それで、その開放された能力って一体どんなもんさね」

「まだよくわからないけど、【コップ】の中に入れたものが消えた理由はそれ以外に考えられないんだよね」

僕はスキルボードを表示させて凝視する。

先ほどまでは【聖杯】から作り出せるものの一覧ばかり気にしていた。

そのため今度はそれ以外の場所を調べることにする。

今までも新しい機能が下の方に小さく表示されるなど、わかりにくいことが多かったので見逃さないよう注意深く探す。

女神様ってもしかしてちょっと意地悪なのでは、と思う気持ちが僕の中に生まれてくる。

「これかな?」

意外にもあっさりと見つかった。意地悪だなんて思ってすみませんでした、女神様。

僕は心の中で謝りつつ、それに意識を向ける。

スキルボードの一番右上に樽の絵が追加されていた。その絵に指を伸ばし触《さわ》ってみると、スキルボードの表示がいったん消えた。

一瞬焦ったが、すぐに別のものが表示されてホッとする。

「これが新しく開放された力か」

僕はボードを見ながらなぜ【コップ】の中に入れた汚染水とカウーラ乳が消えたのか理解した。

「何かわかりましたか? 坊ちゃん」

「ああ、たぶんだけどね」

スキルボードに表示されていたのは【魔素汚染水】と【カウーラ乳】という二つの文字。

その下にはそれぞれ百五十二と三百九という数字が添えられていた。

これらが先ほど僕の【コップ】に注ぎ込んだ液体の名前と総量に違いないことはわかる。

単位としては重さだろうか。汚染水は百五十二グリム。カウーラ乳はその二倍程度の量を注いだので三百九グリムと考えるとつじつまは合う。

「たぶんこれをこうして……」

伸ばした指先で【カウーラ乳】という文字を触る。すると文字がボワッと光を放った。

「そしてこのティーカップに注ぐ」

中のものを流し込むように手にした【コップ】を傾けていく。

思った通り、【コップ】からは先ほど注ぎ込んだカウーラ乳が出現し、ティーカップに注ぎ込まれていく。

使い方は【聖杯】から液体を出す時と同じだ。

ただ、その時に自分の魔力は使わなくていいようである。

しかし――

「坊ちゃん、これはカウーラ乳ですか？」

僕の思考はエンティア先生の声で中断される。

「いつもの坊ちゃんの力じゃないさね。これが新しい力なのかい？」

先生たちがティーカップの中のカウーラ乳を興味深げに眺めながらそう口にする。

確かに今僕がやったことはいつも紅茶やサボエールを出す時と変わらない所作《しょさ》だ。

スキルボードが見えていない先生たちには、違いがわからなくても仕方ないだろう。

「そうだよ。みんなには違いがわからなかったかもしれないけど、実はこのカウーラ乳を出すために魔力は使ってないのさ」

「ということはまさか」

「ああ、このカウーラ乳は僕が【聖杯】の能力で再創造《リクリエイト》したものじゃない。さっき【コップ】の中に消えたカウーラ乳をそのまま出しているだけなんだ」

【コップ】の新しい力。それはたぶんこういうものだ。

「今までこの【聖杯】は液状のものを生み出すことしかできなかった。新しい力は液体を中に入れておくことができる力なんじゃないかな」

「ではその力を使えば」

「うん、あの泉の水を全部取り込むことも可能かもしれない。あくまでまだ仮説だけどね」

そう、あくまで仮説だ。

今のところ【聖杯】に収納したのはせいぜい【コップ】二杯分の質量だけである。

収納できる量がどれくらいなのかわからないが、思っているより少なければ泉の水を全部抜くことはできないだろう。

それに先ほどカウーラ乳を【コップ】から出した時に抱いた違和感。

もし僕が思っている通りなら、泉の汚染水を全て取り込むことは賭けになる。

「この【コップ】でどこまでできるかわからない以上、まだ楽観視はできないよ」

「そうさね。では早速試すさね」

「今から？」

「善は急げって言うじゃないか。さぁ早く早く」

「いや、せめてカウーラ乳を飲ませてくれてもいいじゃないか。僕はまだ飲んでないんだよ」

「だったらさっさと飲んでください」

もう少し考えをまとめたかったが、エンティア先生にカウーラ乳の入ったカップを差し出され、渋々それを口にするしかなかった。

初めて飲むカウーラ乳は濃厚で滑らかな味わいで、僕の心も自然と落ち着いてくる。

エルフたちが温泉上がりにこのカウーラ乳を好んで飲んでいる理由がわかった気がした。

「ふぅ、わかったよ。僕もまだ調べたいことがあるし、やってみるよ。だけどあくまでもお試しだからね」

目をきらめかせる二人の教師にそう釘を刺すとエルフたちの休憩所から外に出た。

魔法で涼しくされていた休憩所と違い、やはり外の熱気は凄まじいものがある。

「何をしてるんですか坊ちゃん」

「早く行くさね」

僕は熱気に包まれながら二人の先生に背中を押され、泉へ向かうのだった。

◇　◇　◇

実は先ほど休憩所で【コップ】からカウーラ乳を出した時に少し違和感を抱いていた。

あまりに微かな感覚だったので最初は気のせいかと思っていたのだが、命の泉で汚染水を取り込み始めてあの違和感は気のせいではなかったと確信した。

今僕は泉の縁にしゃがみ込み、【コップ】の口を黒く濁った水に突っ込んでいる。

【コップ】は思った以上の速度で汚染された水を取り込んでいったのだが、吸い込めば吸い込むほど自分の体から魔力が流れていくことに気がついたのだ。

しかも【コップ】に貯蓄する水量が多くなるほど、使われる魔力が増えていくからたまったものではない。

体内の魔力量にはまだまだ十分余裕はあったが、とりあえず【コップ】を水面から離してみた。

しかし、汚染水を吸い込んでいない間も魔力の流出は続いた。

これは一体どういうことなのだろう。

僕は泉へ伸ばした手を戻し、エリアエルに体を引き上げてもらいながら【聖杯】の開放された力について考えを巡らせる。

「やっぱりそうとしか考えられないよな」

「どうかしましたか？」

僕の体を引き上げ終えたエリアエルが隣で額に浮かんだ汗を拭いつつ尋ねてくる。

僕が【コップ】で泉の水を取り込み始めてから、エンティア先生もメディア先生も泉の様子を観察するためにずっとせわしなく動き回っていたため、僕が泉に落ちないように支える役目を彼女がやることになったのだ。

「エンティア先生とメディア先生にも聞いてもらいたいんだけど……あの二人どこに行ったんだ？」

いつの間にやら二人の姿が泉の周りから消えていることに僕はその時初めて気がついた。

「では呼んできます。確か二人揃ってあちらの方に向かうのを見ましたので」

返事をして駆け出すエリアエルを見送りながら、僕は【コップ】に取り込んだ汚染水をいったん泉に戻してみることにした。

取り込んだ時と同じ位の勢いで吐き出される黒い水を眺めながら、僕は体内の魔力の流れに注意を向ける。

やはり間違いない。

体内の魔力を感じ取り、自分が立てた仮説が正しいことを確信する。

と同時に目の前の泉の水を全部抜くことは可能なのか計算を始めた。

「エリアエルさんから聞いている泉の深さから考えるとギリギリいけそうだけど……でも温泉ってどんどん湧いてくるんだよな。そうすると厳しいか」

【コップ】に取り込んだ汚染水を三分の二ほど放出し終わった頃、僕の元に先生たちが戻ってきた。

エリアエルによれば、泉から川に続く例の排水路を二人は調べていたらしい。

「排水路はドワーフ族が作ったらしくて、コンタルできっちり隙間なく全面固められていたさね」

「そのおかげで泉の周りほど富栄養化は進んでいませんでした」

どうやら泉から流れる排水路は町で今作っているものと同じような構造だったそうだ。

エリアエルに聞くと、十年ほど前にセーニャのすすめもあってドワーフ族に施工してもらったとのことだった。

「さすがドワーフ族の技術と言ったところか」

「ところで坊ちゃん。私たちに何か？」

「ああ、実は泉の水を取り込んでいてわかったことがあるんだ」

僕は休憩所で抱いた違和感から、汚染水を吸い込んだ時の魔力の流れについて先生たちに話す。

「実はみんなが帰ってくるまでに僕は取り込んだ水を半分以上泉に戻してみたんだ。スキルボードの数字で言えば三万五千くらい取り込んでいたうちの二万千ほど放流してみた。それであることに気づいたんだ」

僕は地面にしゃがみ込むと、近くで拾った木の枝を使い地面に簡単な線を描く。

それは左から右へ右肩上がりに上ったあと、頂点からゆっくりと今度は右下に下りていく。

つまりグラフというやつだ。

その曲線は頂上と、上りの半分くらいの位置まで下った部分で横ばいの直線になっている。

「これは僕が一連の行動で消費した魔力量を表していると思ってほしい。上に行くほど魔力が多く消費されていて、最初はゼロから始まっている」

僕はその曲線の一番高いところを枝で指し示すと「ここが今日一番大量に汚染水を取り込んだ時の消費量」と告げ、続いてそこから右へ横ばいに伸びている直線をなぞる。

「そしてこの段階で僕は【コップ】を引き上げて取り込むのをやめたんだけど、それでもずっと同じ量の魔力が消費されていたんだ」

なぞっていた枝の先が頂上部分に引かれた直線の端にたどり着くと「ここから僕は収納された汚染水を放出した」と言い、なだらかに下る曲線を指し示す。

「見ての通り、取り込んだ汚染水を放出すればするほど消費される魔力量は減っていったんだ。そして放出を止めると」

「そこから先が直線になっているということは、貯蓄しているものを放出しない限り魔力が消費され続けるということですね。そして魔力の消費量は収納している液体の量に比例して大きくなる」

「そういうこと」

エンティア先生の言葉に頷き、僕は立ち上がって【コップ】に収納していた残りの汚染水を放出した。そして三人と共にもう一度エルフの休憩所に戻る。

スキルボードをいつものように操作し、四つ並べたティーカップにカウーラ乳を注ぎ込む。

今度は溜めていたものではなく、新たに【聖杯】の力で再創造《リクリエイト》したものである。

四人がそれぞれ汗に濡れた額を拭いながら、カウーラ乳を飲み終えたところでエンティア先生が口を開いた。

「先ほどのグラフが確かなら、取り込むものが少量であれば魔力回復力の速度の方が勝るでしょうが、泉の水ほど大量となると坊ちゃんの魔力が尽きかねませんね」

「そういうことになるさね。それで坊ちゃん」

メディア先生がいつもの飄々《ひょうひょう》とした表情を潜め、真面目な顔で迫る。

「なんだい？」

「坊ちゃんの魔力が尽きる前にあの泉の水は全部抜けると思うかい？」

「無理だろうね」

「無理……ですか」

僕の返答を横で聞いて、エリアエルがあからさまにがっかりとした表情を浮かべ嘆息する。

そんな彼女の様子を見て僕は話を続けた。

「一回で全部抜くのはいくら僕の魔力が多いと言っても難しいよ。だって水を出す時と違って取り込む場合は永続的に魔力が消費されてしまうからね。それに温泉のお湯はどんどん湧いてくるんだろ？　どれくらいの量かわからないけど、それを取り込み続けるわけにもいかないし」

「坊ちゃんの魔力量が多いのは知ってますが、オアシスの一件もありますし、次に魔力切れを起こしたら今度こそ死んでしまうかもしれません」

「だから今回はこの力を使うのは最終手段にして、別の作戦を考えたんだ」

僕は懐から手帳を取り出し広げた。

そこには泉の脇で三人を待っている間に僕が描いた図が載っている。

「それじゃあ説明するよ」

僕は三人に向けて泉の水を抜き取るための作戦を語り始めたのだった。

◇　◇　◇

「お久しぶりです、ゴーティさん」

「久しぶりだな……ってほど久しぶりじゃない気がするが」

ドワーフの村からやってきてくれたゴーティを出迎えた僕は、彼が連れてきてくれた十人ほどのドワーフたちを集会所に案内し、今回の計画を簡単に説明する。

なぜ今回、泉の水を抜くためにわざわざゴーティを呼んだのかというと、僕の考えた作戦には彼の強力な土魔法が必要不可欠だったからだ。

「それで俺ってわけか」

「ええ、ゴーティさんの実力は町で見せてもらってますからね」

「まぁ、俺に任せておけばその程度は可能だけどよ。思いっきりやっちまってかまわねぇのか？」

「エルフ族の長老会には許可をもらってます」

集会所の中では、中央に置かれた机でエンティア先生が計画に関する最終的な計算を行っていた。

そしてその奥では床に怪しげな装置を並べ、魔植物たちと共に何やら調べているメディア先生がいる。

彼女は一度領主館に戻り、泉の水を詳しく調べるのに必要な器具と、僕が頼んだあるものを持ってきてくれた。

ついでにシーヴァも連れてきてもらおうと思ったのだが、メディア先生が屋敷にたどり着いた時にはまた姿をくらませていた。

どうやら彼はよほどサルファーの臭いが嫌いらしい。

「なんだなんだ。あの化け物もいるじゃねぇか」

部屋に入るなり魔植物を発見し、ゴーティが額に冷や汗を浮かべ呟いた。

デゼルトに初めてやってきた時に捕まって以来、彼にとって魔植物はトラウマなのかもしれない。

しかし、これからは協力して作戦を行う『仲間』になるのだ。慣れてもらわないと困る。

「坊ちゃん、こっちはもう準備できてるさよ」

「私の方ももう少しで終わります」

二人の先生が僕たちに気づいて声をかけてきた。

「妾たちエルフ族も準備できてます」

隣の部屋から声を聞きつけたのか、五人のエルフ族を引き連れてエリアエルが顔を出す。

彼女が連れてきたのは、この里で特に風魔法を操るのが上手いエルフたちだ。

「できました。今わかっている情報から計算した泉の水の総量と、坊ちゃんから聞いた魔力消費量から推測した【聖杯】の限界値はこれです」

「ありがとう先生」

エンティア先生が差し出した紙を受け取ると僕はそこに書かれた数字に目を通す。

僕が魔力切れを起こすことがないように、かなり安全に考慮した数値になっているのがわかる。

こんなことで死ぬつもりはないが、また魔力切れを起こせば女神様に会えるのではないかという期待も僅かにある。

「それじゃ、これを元にして設計図を修正してっと」

エンティア先生から受け取った紙を持って、彼女が先ほどまで使っていた机に移動する。

数日前、命の泉から戻ってきて描いた簡単な設計図に数字を書き入れていく。

「こんなものでいいかな。ゴーティさん、それじゃあこの設計図通りにお願いできますか？」

手招きをしてゴーティを呼び寄せ、僕は設計図を見せた。

「おう、たぶん大丈夫だけどよ。しかし坊ちゃんは絵が下手だな」

「誰にだって苦手なものはあるんですよ」

「すまねぇ、まぁだけどこれならギリギリわかるから安心していいぞ」

「ギリギリって……」

僕は目の前に広げた図面を見ながら「そんなに酷いかな？」と首を傾げる。

さすがにバタラのように上手い絵は描けないが、線と文字だけの簡単な設計図なら問題ないはずだ。

「それでいつから始めるんだ？」

「今日一日あればこの設計図のものは作れますか？」

「コンタルは坊ちゃんが出してくれるんだろ？」

「もちろん」

「それじゃあ大丈夫だ。本当はコンタルが乾くまで三日は欲しいところだけどよ、こんなこともあろうかと速乾剤《そっかんざい》を村から持ってきてやったぜ」

「速乾剤？」

町での工事にそんなものは使っていなかったはずと思っていると、ゴーティが後ろについてきた若者から大きな袋を受け取って持ってきた。

たぶん若者だと思う……ドワーフ族は長い髭のせいでみんなお爺さんのように見えるから年齢がわかりにくい。

「これが速乾剤だ」

ゴーティが袋の口を開いて、中の粉を僕に見せる。

真っ白なその粉をコンタルに混ぜると、固まるのを速めることができるのだとか。

「その分強度が落ちちまうから、よほどの時か、一時的に固めたい部分がある時くらいしか使わねぇんだわ」

強度が落ちると言っても、今回の計画に使うには十分だとゴーティは続けた。

「じゃあ今から命の泉に向かいますが準備はいいですか？」

僕はそう告げて一同を見回す。

全員が頷くのを確認し、僕は設計図を仕舞って長老会のエルフたちに「それでは行ってきます」と言い、先頭に立って部屋を出ていった。

後ろにはエンティア先生、ドワーフ族、エルフ族と続き、一番後ろをメディア先生と荷物を抱えた魔植物たちが歩く。

エルフの里の住民たちは僕たちがこれから命の泉の浄化に向かうのだと既に聞いていたようで、家から出てきて手を振りながら見送ってくれた。

エルフ族は排他的な種族だと聞いていたが、一度懐に入ると仲間として温かく接してくれる。

僕は彼らに手を振り返しながら「この作戦は絶対に失敗できないな」と改めて気を引き締めたのであった。

◇　◇　◇

「坊ちゃん、この場所でいいのかい？」

「そうですね、頼みます」

ゴーティが森の中に急遽作った広場に立ち、僕に改めて確認をする。

昨日のうちに魔植物たちにお願いして、命の泉から少し下ったところに広いスペースを用意してもらっていた。

そこに生えていた木々は、別の場所に移してある。泉の水が元通り綺麗になれば、またこの地に全て戻す予定でいる。

今回の作戦は単純なものだ。

僕の【コップ】の能力で泉の水を全部吸い取るのは不可能。

ならいったんその水を別の場所に移してしまえばいい。

幸いエルフの森の近くにはドワーフ族が暮らす村があり、土魔法を使える彼らの手を借りることができる。

彼らの力があれば、泉の水を流し込むだけの大きな貯水池を作ることが可能だろう。そう考えて僕はゴーティたちに救援を要請した。

魔植物たちによって作られたこの広場はその貯水池を作るためのスペースというわけだ。

「そんじゃいくぞ。全員縄の外に出たな？」

ゴーティが首をポキポキ鳴らしながら周りの人たちに安全確認をする。

「おう」

「大丈夫だ」

「やっていいぞ」

即席で作り上げた広場には、僕が持ってきた設計図に合わせて、ツタの縄を使った大きな四角形が描かれていた。

広場に集まった人々が縄の外からゴーティに声をかける。

みんなの声を背に、一辺二十メートルほどの四角形の端にゆっくりと立ったゴーティは、縄で仕切った内側に誰もいないことを再度確認すると大きく息を吸う。

そして両手を高く上げ、一気にそれを振り下ろし地面に叩きつけ叫んだ。

「グレートフォール!!」

気合いの入った声と共に、何かが爆発したような音があたり一面に響き渡る。

同時に縄で仕切られた四角に沿って、大きな穴がポッカリと開く。

「凄い」

ゴーティの土魔法を目にして、思わず僕はそう呟いた。

町で見た彼のグレートウォールは一瞬で巨大な壁を作り出していた。

あれだけの土魔法を操れるなら、巨大な穴を作り上げることもできるのではないか。

そう思った僕の考えは間違っていなかった。

さすがドワーフ村最強の土魔法使いだ。その異名は伊達ではない。

「これくらいの深さでいいか?」

「そうですね。計算ではこれくらいあれば、あの泉の水を抜くことができるはずです」

「そうか。それなら直ぐにでも壁面をコンタルで固める作業に入ろう。おい、お前ら」

ゴーティは待機していたドワーフたちに声をかけ呼び寄せる。

その姿を見ながら僕はエリアエルを呼んだ。

「エリアエルさん、こっちも始めましょう」

「はい、準備はできていますわ」

ゴーティたちが準備を始める傍ら、僕たちが行うのは壁面に塗りつけるコンタルの用意である。

スキルボードで【コンタル】を選び、エルフたちに作ってもらった底が浅い木製の入れ物へ流し込んでいく。

ある程度溜まったところでドワーフたちが速乾剤を投入し、混ぜ合わせる。

現場の温度や湿度、塗りつける素材や時間帯など、様々な要因でコンタルと速乾剤の比率が変わるらしい。

そのため最初から混ぜた状態のものを【コップ】で複製するわけにはいかず、二度手間ではあるが混ぜる作業を別で行うこととなった。

「それじゃあ攪拌《かくはん》よろしく」

「お任せください」

僕の言葉を受けてエリアエルが風魔法を使い、ドワーフが軽く混ぜただけの速乾剤とコンタルを更に念入りに混ぜ合わせていく。

ゴーティも素晴らしい魔法の使い手だが、彼女も長老会に名を連ねるだけのことはある。見事な風魔法だ。

完全に混ざりきったコンタルは、ドワーフが穴の近くまで運んでいく。

僕とエリアエルの前にはまた新たな入れ物が置かれ、次々に速乾剤入りコンタルを作る。

三つほど作ったところでドワーフから「一旦これくらいあれば問題ない」と言われたので、エリアエルは次の現場に向かうと僕に告げた。

「それでは妾は換気の方を確認してきますわ」

「少し休んでからでもいいんじゃないですか？」

「心配していただいてありがたいですが、妾の魔力はあの程度の作業ではほとんど消費しないので疲れはありませんわ」

「そうですか、それならお任せします。コンタルが足りなくなったら、その時はまたお願いしますね」

「はい、わかりました」

ゴーティの土魔法によって掘られた穴はかなり深い。

穴の中には命の泉から流れ込んでくる熱い空気や、コンタルが固まる時に発する熱が籠もる。

そんな状況では、暑さで具合が悪くなる人が出てきてしまうかもしれない。

そういうわけで僕はエリアエルに頼んで、エルフたちの中で風魔法の制御が得意な者たちを集めてもらい、穴の中の空気を定期的に入れ換えてもらうことにしたのだ。

換気以外にも、空気の流れがある方がコンタルが固まる速度が上がるらしいので一石二鳥である。

「そろそろ俺もあいつらの手伝いにいくか」

グレートフォールで魔力をかなり消費したゴーティは、僕の近くまで戻ってくるとそのまま地面に座り込み、仲間のドワーフたちに指示を出していた。

だが、ドワーフ族というのは人を使うより自分で何か物作りをしている方が楽しいと感じる種族らしい。ゴーティは作業に混ざりたくてウズウズしている様子で、早々に休憩を切り上げ立ち上がろうとした。

「もっと休んでいた方がいいんじゃないですか?」

僕はまだ少ししか休憩していない彼を気遣いそう言った。

「そういうわけにもいかないさ。若い奴は仕事が雑だからな。きちんと監督してやんないといけねぇ。まぁ、俺もできればあんな化け物を使ったゴンドラ作業はやりたくはねぇんだが」

「まだ慣れませんか?」

「慣れないね」

ゴーティの視線の先には、何体もの魔植物が穴の縁からドワーフたちをツタで巻き取って、壁面に沿ってゆっくりと下ろしていた。

最初は穴の壁面に足場を作りながらコンタルを塗っていくつもりだったのだが、メディア先生が

「それならこの子たちを使えばいいさね」と魔植物のゴンドラを提案したのだ。

「他のドワーフたちは魔植物を見るのは初めてですが、みんな楽しそうにしていますよ」

「あのウネウネした奴がとんでもなく強い化け物だなんてわかんねぇだろうしな。怖さより興味の方が上回ってんだろうなぁ。まぁ、俺もこれからは坊ちゃんの町に定期的に出かける必要が出てきたから、あいつらにも慣れないといけねぇとは思ってるんだ」

「定期的に？」

「ああ、今度俺がドワーフの村の村長になることが決まったんだよ」

「それはおめでとうございます」

ゴーティは少しばつが悪そうな表情を浮かべる。

「本当ならビアードのおやっさんがなってくれりゃよかったんだけどよ……色々問題は起こしているが、人望も実力も俺よりあるからな。でも坊ちゃんの町に移住しちまったから、もう俺しかいねぇってことでな」

「僕がビアードさんを奪ってしまった形になったわけですか。なんというか申し訳ないです」

「まぁ、おやっさん本人が決めたことを今更とやかく言うつもりはねぇよ。というわけで俺も時々デゼルトに行くことになったから、その時は頼むわ」

「もちろん。盛大に歓迎させていただきますよ村長」

「よせやい。それじゃ俺も作業に交ざってくるとするか」

腰を上げ、ゴーティが魔植物たちの方へ歩いていくのを見送った。

やることのなくなった僕は作業の様子を遠くから眺め、作業が終わったあとのことをもう一度確認しようと、エンティア先生に声をかける。

「エンティア先生、今後のことなんだけど」

今作っている貯水池が完成したら、あとは命の泉に向けて穴を掘り貯水池に汚染された水を流し込む。

全部の水を貯水池に流し切ることはできないが、ある程度まで減らせればあとは僕の【コップ】で残りの水を取り込めばいい。

水がなくなればエルフ族の風魔法が有効な攻撃手段になる。

泉の底に潜む魔獣がどれほどの強さかわからないが、手練れのエルフたちが集まれば、そう時間もかからず倒せるだろう。

僕の魔力が切れる前に魔獣の正体を突き止め、討伐することができれば作戦完了である。

一応魔力回復ポーションも領主館から三本持ってきているので、簡単に魔力切れを起こすことはないはずだ。

「完璧ですね坊ちゃん」

「そうだね」

それからドワーフたちと魔植物、エルフの共同作業によって、貯水池は予定通り数日もかからず完成した。

貯水池を作っている間、僕が手伝えるような作業はなかったので給水係として走り回っていた。

シルフの加護で軽減されているとはいえ、泉からの熱気で作業場はかなりの温度と湿度だ。

穴の中で作業を行っているドワーフは、定期的に上に戻って給水しないと倒れてしまうだろう。

作業をしてくれている多様な種族が求める飲み物はそれぞれ違っている。

ドワーフ族が要求するのはサボエール。

エルフ族はカウーラ乳。

そして魔植物たちは水肥料。

僕やエンティア先生、メディア先生は普通の水か紅茶である。

樽に先に入れておくとどうしてもぬるくなってしまうため、飲み物を求められるたびにそこまで僕が向かって直接手渡ししていた。

思ったより大変な作業だったが、それもようやく終わった。

だが、本番はこれからである。

「これでやっと泉を浄化することができるのですね」

エリアエルが感慨深げに呟く。

彼女の後ろでは、昨日まで作業に従事してくれていたエルフたちとは違う顔ぶれのエルフが五人控えていた。

これから僕たちは魔獣を討伐するために命の泉に向かう。

そのために強力な攻撃魔法を使える者たちがエリアエルによって集められたのだ。

「それじゃあ坊ちゃん。打ち合わせ通りに俺たちも配置につきますぜ」

「はい、お願いします」

ゴーティたちドワーフ族には、僕の合図で泉の手前まで引いた排水路の壁を一気に突き崩してもらうことになっている。

そのあとは僕たちと合流して魔獣退治を手伝ってもらう予定だ。

エンティア先生とメディア先生には何かあった時のために休憩所で待機してもらっている。

「それでは始めます」

僕は全員が配置についたのを確認し手を上げ、作戦開始の合図を出した。

ドゴン!!

最初に響き渡ったのは、貯水池へ繋がる水路の壁が土魔法によって取り除かれた音だ。

今頃黒い泉の水が貯水池に流れ込んでいるだろう。

その証拠に、ゆっくりだが泉の水位が下がっていくのがわかる。

やがて排水が緩やかになり、泉の底が見える前に水位の動きが止まってしまった。

貯水池に流せるのはここまでか。

僕は周りで待機しているエルフ族に「いきます！」と声をかける。

すると僕の体がふわりと浮き上がった。

「それじゃコントロールはお願いします」

「はい。お任せください」

後ろから女性のエルフが答える。

彼女はエリアエルが連れてきてくれた、風魔法で物を運ぶことが得意なエルフだ。

なんだか荷物扱いなのはこの際気にしないことにする。

彼女には、僕が泉の水を吸い込める位置に滞空できるように、風魔法で体を浮き上がらせてもらう役割を頼んでいる。

「エリアエルさん、皆さん！　魔獣の姿が見えたら、なるべく早く倒してください」

「わかりました」

「任せろ」

「水の中でなければ我らの風魔法ですぐにケリはつく」

頼もしい返事を背に、僕はゆっくりと泉の底に残った水に向けて降下していった。

黒く濁った水の中に未知の魔獣がいると思うと、恐怖が湧き上がってくる。

「魔獣の動きは我々が監視しておきますのでシアン殿は安心して作業をお願いします」

エリアエルが水面を見つめながら、僕にそう声をかける。

他のエルフたちも水面近くに浮遊したまま泉の水に神経を尖らせている。

「それではいきます」

僕はみんなに向けて声をかけると、右手に取り出した【コップ】をゆっくりと泉の中に沈めていくのだった。

◇　◇　◇

「見えましたわ！」

エリアエルの声に、僕は顔を上げる。

泉の監視のためばらけていたエルフたちが彼女の近くに飛んでいき、戦闘陣形を取り始めるのが見えた。

黒く濁った水のせいで見辛いものの、僕にも何やら赤黒い巨大な物体がいるのがわかるようになってきた。

もう少し水を抜けばエルフたちの風魔法が本来の威力を発揮することができそうだ。

「おかしいですわね」

「どういうことだ」

「まさか……」

あと一息で泉の水が抜き終わるというところで、エルフたちの困惑に満ちた声が聞こえてくる。

一体どうしたのだろう。

疑問に思っていると、徐々に水位が下がっていく泉の底からそれは現れた。

「うぐっ……あれが……魔獣？」

僕は悪臭に顔を歪《ゆが》め、絞り出すように声を上げた。

「そのはずですが……うぐっ酷い臭い」

後ろで僕の体を浮き上がらせているエルフも気分が悪そうな顔をしている。

僕は鼻をハンカチで押さえながら水を吸い出し続けた。

しかし水を吸い出せば吸い出すほど臭いはきつくなっていく。

「これはたまりませんわね」

「エリアエル様、魔法で臭いを散らしましょう」

「そうですわね！　全員でかかりますわよ！」

魔獣らしきものを囲んでいたエルフたちからそんな声が上がっている。

同時に、それを中心として泉の底から上空へ風が舞い上がった。

「ふぅ。一体何がどうなってるんだ？」

僕は泉の底から現れたものの姿を見て、困惑してしまった。

「どうやら泉の魔獣は既に息絶えてしまっているようですね」

「こいつぁひでぇ」

ようやく猛烈な悪臭から解放されハンカチで額の汗を拭っていると、いつの間にやってきたのか、僕の後ろからエンティア先生とゴーティの声が聞こえた。

ゴーティたちドワーフ族には戦闘の補助をしてもらうため、排水路の作業が一段落したら泉の方に来てもらうように言ってあった。

だから彼がここにいるのはわかるとしても、エンティア先生まで一緒にやってくるとは。

彼女にはメディア先生と共に、休憩所で待機しているようお願いしたはずなのだが。

しかし、今はそんなことを気にしている場合ではない。

僕はエンティア先生が口にした言葉に確認の意味で問う。

「息絶えて……って、あの魔獣はもう死んでいるってことですか?」

「はい。見てください、完全に体の表面が腐りきっていますよ」

エンティア先生に言われて、僕は改めて魔獣の姿をまじまじと確認した。

赤黒い塊のように見えたそれはグズグズに体の肉が溶けていて、骨にかろうじて皮と肉がへばりついているような状態であった。

「うぐっ」

その姿があまりにもグロテスクで、僕は思わず目をそらし吐きそうになる。

水を吸い出したおかげで空気中に腐敗した魔獣の体が晒《さら》され、強く鋭い悪臭が生じてしまったのだろう。

僕はあんなものが溶け込んだ水を吸い込み続けていたのか。

そう思うと、今すぐに【コップ】の中のものを全てぶちまけたい衝動に駆られる。

「早く、死体を外へ出して処理しないと」

とにかくこのままにしておくわけにもいくまい。

まずエルフの風魔法で泉の外に魔獣の死骸を出し、ドワーフの土魔法で焼却炉を作ってそこで焼いてしまうか。

そんなことを考えている時だった。

「おい、ありゃあやべぇぞ」

「坊ちゃん！　下がって！」

「皆の者！　戦闘隊形!!」

突然エンティア先生が叫び声を上げ僕の腕を引く。

それと同時にゴーティーが僕の前に飛び出し、エリアエルが仲間のエルフたちに号令を放った。

一斉にエルフたちが身構えるのが視界の端に入る。

どういうことだ？

魔獣は既に息絶えていたのではないのか？

混乱していると、エンティア先生の少し嬉しそうな呟きが聞こえた。

「まさか……ゾンビ化……それにあの骨格は」

突然動きだした屍《しかばね》に、その場にいた全員が息を呑む。

初めて実物を見たが、あれがゾンビ化した魔獣なのか。

「酷い姿だ」

腐った肉が溶けかけているのに、その状態で動くのだからたまったものではない。

ドロドロと半ば液状化した腐った肉が、湧き出た温泉水を汚染していき、どんどん骨だけの状態になっていく。

「シアン坊ちゃん。私、あの魔獣の正体がわかったかもしれません」

ゴーティに庇われ、後ろに下がりながらエンティア先生が口を開く。

「本当かい？」

「ええ、たぶん。魔獣図鑑に載っていた骨格標本からの推測なのですが」

かつて行われた大討伐の際、狩った魔獣たちの死体を高名な研究者が引き取って解剖し、研究した結果をまとめた本がある。

その中に、今目の前で動き出した魔獣に似たものがあったのだろう。

「短い首、そして肩口から伸びた羽のような形の骨。水の中なので見えにくいですが明らかに鳥類と思われる足」

「ということは鳥類の魔獣なのか」

「そうです。そして一番私が注目した部分はあの半分見えている頭蓋骨です。よく見てください坊ちゃん」

そう言われてもかなりグロテスクな状態になっているので、凝視するのは相当な勇気が必要になる。

僕はああいうのは苦手なのだ。

「そういうのはいいから早く結論だけ教えてよ」

ばしゃん！

エンティア先生を急かす僕の耳に大きな水音が飛び込んでくる。

「ああっ、あれはやはり間違いないです！」

思わず僕は視線を音の方向、つまり魔獣のいる場所に移してしまう。

そこには体を包んでいた肉片がほとんど崩れ落ち、ほぼ骨だけの姿になった魔獣がいた。

完全にむき出しになった頭蓋骨は『鳥』のような長細い物でなく、半球体。

首の骨もかなり短い……というかないように見える。

そして一番の特徴。本来なら肩から出ているはずの羽が、ほぼ頭蓋骨の横から生えているのだ。

「……あの状態でも動くのか」

エルフたちが風魔法を放つために陣形を整え、ゴーティに続き泉まで上がってきたドワーフたちが土魔法で防御壁を作り出す。

ドワーフ族が攻撃に回らないのはエルフ族からの申し出で、よほどの事態にならない限り魔獣退治に手を出すのを止められているからだった。

そんなことにこだわっている場合ではないと思ったのだが、彼らには彼らの譲れない一線というものがあるらしい。

「ゾンビ化が進んで完全なスケルトンアンデッドになっていますね。ですがおかげで確信が持てました。あの魔獣は火炎鳥《かえんちょう》で間違いありません」

「火炎鳥？」

「ご存じないのですか？」

「うん。僕はあまり魔獣には興味がなくて」

「それはいけません。帰ったらみっちり授業をしてあげましょう」

目をきらめかせ、熱く語りだしそうなエンティア先生を僕は手で制した。

「いや、それはいいよ。そんなことより火炎鳥のことを教えてよ」

「そうでしたね。火炎鳥というのはこのような外見の鳥です」

懐から愛用の手帳を取り出したエンティア先生は、魔植物にぶら下げられた不安定な姿勢のままペンを走らせる。

そして、書き終えた手帳のページを開いて僕に突き出した。

「これが火炎鳥？」

そこに描かれていたのは、ほぼ球体の毛だまりだった。

エンティア先生の画力は置いておくとして、かろうじて球体から突き出したまるっこいちいさな嘴《くちばし》と、毛だまりの左右に生えた羽だけが『鳥』であることを示している。

「そうです。これこそ幻の魔獣。火炎鳥です」

「火炎ということは火を吐いたりするのかな」

僕は骨だけになってエルフたちの前に立ち尽くす魔獣と、先生の手帳を交互に見比べながら尋ねる。

「そういう話もありますが。火炎鳥の特徴は主にその体にありまして」

ゾンビ化していない火炎鳥は、体表の温度を猛烈に上げることができるのだという。

それこそ周りの空気が燃えるほどに。

なぜそのような性質を持っているのかは定かではないらしいが、火炎鳥の生息域が火山の山頂などの灼熱《しゃくねつ》地帯であることが関係しているのではないかと言われている。

火炎鳥は高温な場所に卵を産み、その熱で卵を温めて孵化《ふか》させる。

「つまり生まれた時から灼熱環境なわけだ。しかしそんな火炎鳥がどうしてエルフの森なんかに下りてきてたんだ」

「そうですね。もしかしたらパハール山の上で縄張り争いでもあったのかもしれません。敗れて逃げてきたけれど途中で死んで……」

「偶然この命の泉に落ちて、どういうわけかゾンビ化したと」

「魔獣がゾンビ化……アンデッド化する原因は数種類あると聞きます」

「それはどんな？」

僕がエンティア先生に詳しい話を聞こうとした時だった。

魔獣の動きを警戒していたエルフたちが攻撃を開始したのだ。

「エアフロー！」

「エアカッター！」

「エアトルネード！」

それぞれが突き出した手の平から様々な風魔法を発し、立ち尽くすゾンビに襲いかかる。

攻撃に反応して、魔獣がゆっくりと動きだした。

しかし、その動きはエルフたちの攻撃を避けるでも、襲いかかるでもなく、その場に蹲《うずくま》り体を丸めるという予想外のものだった。

もしかしたらエルフたちの攻撃をしのぎきったあとに反撃をするつもりなのだろうか。

ガガガガガッガッガッガ。

完全に骨だけになった火炎鳥の体に攻撃が当たり、周囲に激しい音が響き渡った。

僕は思わず両手で耳を覆うと、風魔法によって泉の水が舞い上がり発生した霧が収まるのを待つ。

「さすがエルフ族の風魔法ですね」

「一撃でボロボロか」

僕の目に入ってきた魔獣の姿は、攻撃を受ける前に比べて明らかに小さくなっていた。

風魔法の攻撃により、体に僅かに残っていた肉片がはじけ飛び、肋骨や羽の骨も砕けてしまっていたのだ。

「警戒を解かないで！　そのまま第二波いきますわよ！」

エリアエルの声が泉の底まで響く。

どうやらエルフたちはこのまま一気に魔獣を倒すつもりらしい。

「少しだけでも研究資料に残しておいてほしかったのですが、この様子では無理でしょうね」

「ゾンビの研究を領内でやるのは禁止だ、禁止！」

残念そうに魔獣を見つめるエンティア先生の物騒《ぶっそう》な呟きに、僕は慌ててそう返す。

領内でもし何かあってゾンビが溢れることにでもなったら目も当てられない。

ただでさえ最近は魔植物たちが増えて、魔境のような状態になってきているというのに。

「二撃目っ！」

エリアエルの号令と共に第二撃が放たれた。

多数の風魔法による攻撃は、蹲ったまま微動だにしない魔獣に向かって飛んでいき――

ガガガッ!!

またしても大きな音が上がった。

ほとんど体を削り尽くされていた魔獣が竜巻に巻き上げられ、近くの壁面にぶつかる。パラパラと残っていた部分が粉砕し、水の底に沈んでいった。

◇　◇　◇

アンデッド化した火炎鳥を倒したあと、僕はエルフ族と共に残っていた汚染水を全て【コップ】に取り込んだ。

その間にも泉の底からはどんどん温泉水が湧いてくる。無限に吸い込み続けなければならないかと思ったが、ある程度まで吸い込めばあとは希釈《きしゃく》されるので問題ないというメディア先生の言葉を信じ、いったん泉の上に戻った。

そして貯水池へ続く水路を封鎖したあと、【コップ】の中の汚染水を全て貯水池へ流し込んだ。

貯水池の処理についてゴーティやメディア先生、エンティア先生と話していると、一人のエルフが僕らを呼びにやってきたので、もう一度命の泉に向かう。

そこで僕たちが目にしたのは――

「まさか、温泉の湧く穴の奥にこんなものが詰め込まれていたとは」

僕が汚れた泉の水を貯水池に廃棄している間、穴から湧き出るお湯の様子を見ていたエルフが、奥に人の頭ほどの丸い物体が沈んでいるのを発見したというのだ。

エルフたちはその物体を風魔法を使って穴から取り出し泉の畔《ほとり》に移動させたものの、これがなんなのかわかる者がいないため、一体どうすればいいのかと僕たちを呼びに来たらしい。

「これは火炎鳥の卵ですね。この縞模様《しま》と真球に近い形――間違いありません」

丸い物体を見た途端に、エンティア先生が瞳をきらめかせそう告げる。

火炎鳥の卵ということは、あのアンデッド化した魔獣が生んだものなのだろうか。

「もしかしてこれが、火炎鳥があそこから動かなかった理由なのかも」

「だとすると今までの行動に納得がいきますね」

パハール山の頂上付近からなぜこんなところまで降りてきたのかはわからないが、深い傷を負った火炎鳥は腹の中に卵を抱えていた。

子供を守るため命の泉までなんとかたどり着いたが、火炎鳥の卵を孵すにはこのあたりの温度では足りない。

そこで火炎鳥は目の前にある温泉に飛び込み、穴に卵を産みつけることで孵化するために十分な温度を確保しようとしたのだろう。

泉の上部は人が浸かっても問題ない温度まで冷めているが、源泉の近くはかなりの高温である。

「そして卵を産み落とした火炎鳥はそのまま泉の底で命を落とした……と」

僕は子を遺し死んでいった親鳥の気持ちに思いを馳せ、そう呟いた。

「ええ、ですが自らの卵を守りたいという強い思いが親鳥をアンデッド化させた。前に坊ちゃんには、魔獣や人がアンデット化するには色々な理由があると教えましたよね」

エンティア先生が語り始める。

「途中までしか聞けてなかったけど言ってたね」

「一番の理由は別のアンデッドから傷を受けての感染です。ですが、これは早めに処置すれば問題ありません。次に呪い。これもよほどのことがない限り対処は可能。最後は本人の強い思いです」

「強い思い……つまりあの火炎鳥は」

「自分の卵が孵《かえ》るまで――子供が生まれるまで見守りたいという強い願いが、親鳥をアンデッド化させたのでしょうね」

エンティア先生が卵を見つめながら、少し寂しそうな顔で言った。

エルフたちからすれば、はた迷惑な話ではあるが、あの火炎鳥にしてみれば我が子を守りたかった、それだけのことだったのだ。

「それでこの卵は孵るのかな？」

僕は卵の表面に手を伸ばしながらエンティア先生に尋ねる。

その表面からは湯気が漂っていたが、触れないほどの熱は感じない。

もしかしたら穴から引き上げてしまったことで死んでしまったのか……もしくは最初から……

「メディア先生に調べてもらいましょう」

エンティア先生の言葉を聞いて、僕は急いで休憩所で待機しているメディア先生を呼びに行った。

「了解さよ。こんなこともあろうかと聴診器をもってきてたさね」

足早に命の泉までやってきたメディア先生は、卵を前にして得意げにそう言った。

こんなことがあるなんて思わないだろう、普通。そう思いながら、診察が終わるのを待つ。

メディア先生はしばらくの間、卵の色々な場所に聴診器を当て、中の音を聞いていたが、やがて顔を上げる。

「卵の中にいる雛《ひな》は生きてるさよ」

その場にいた一同がメディア先生の言葉を聞き、ほっとした表情を浮かべた。

散々火炎鳥に迷惑をかけられていたはずのエルフたちですら同じであった。

「じゃあ、この卵はどうすればいい？　もう一度泉の底にもどして孵化するまで待った方がいいかな？」

「そうさね。調べてみた感じだともう殻の中で成長しきっているみたいだから、むしろ水の底で孵化したら溺れてしまうかもしれないさよ」

「それなら、どうすれば？」

「ここまで来たらある程度温めてあげれば数日で孵るはず……いい考えがあるさよ」

僕はメディア先生から『いい考え』を聞いて「本当に大丈夫なのか？」と思ったが、魔獣に詳しいエンティア先生も同意したため、半信半疑ながらその案に乗ることにした。

メディア先生の提案は、卵を領主館に持ち帰り、僕らの手で孵化させるというものだった。

エルフやドワーフたちも、火炎鳥の卵を僕が持ち帰ることを当然だと思っていたらしく、予想外に話はトントン拍子に進んだ。

そして翌日には、僕はエルフたちによって卵と共にデゼルトの町に送り届けられたのだった。

「さて、先に伝書バードで連絡しておいたけど、準備はできているかな？」

僕が領主館の庭に降り立つと、バトレルやラファムをはじめとする家臣一同、そしてバタラとヘレンが駆け寄ってくるのが目に入る。

バタラの腕の中にはシーヴァがいた。

伝書バードで頼んでおいた通り、彼女たちは首尾よく用意してくれたらしい。

「坊ちゃま。お帰りなさいませ」

バトレルがいつものように僕を迎えると、その後ろからルゴスが息を切らしながらやってきて馬小屋の横を指さす。

「坊ちゃん。言われたとおり作ってはみたけどよ。あれでいいかい？」

「ああ、十分だよ。ありがとう」

馬小屋の横にはちんまりとした小屋ができていた。

連絡して半日しか経っていないのに、ここまでのものができていることに驚く。

僕としては、卵を孵すために必要なスペースを簡単に作ってもらえればよかったのだが。

「シアン様」

「バタラ、ヘレン。ちゃんと捕まえてきてくれたんだね」

「私にかかればすぐでしたわ」

「町の中で女の子たちを一カ所に集めて呼びかけたらすぐに」

この二人には、シーヴァを見つけ出し、捕まえてもらう役割を頼んでいた。

彼女たちの話を聞いて、僕はバタラの腕の中で恍惚の表情を浮かべるシーヴァに、呆れた視線を送ったのだった。

◇　◇　◇

「おーい、具合はどうだい？」

数日後、領主館の庭に作った小屋へ向かった僕は、扉を開けるなり中に向けてそう声をかけた。

小屋は急造にもかかわらず綺麗に仕上げられており、窓から温かな日差しが差し込んで室内を明るく照らしていた。

部屋の中心には、大きい籠《かご》のようなものが置かれており、その中には茶色と白の毛玉が入っている。

いや、それは毛玉ではない。

『なんじゃ、騒がしいのう』

もそもそと動きだした毛玉から、ぴょこんと尻尾と耳が生えた。

そう、それは一匹の魔獣……シーヴァである。

「もしかして寝ていたのかい？」

大きく欠伸《あくび》をして、半開きの目でこちらを見るシーヴァに、僕はそう尋ねた。

『昨夜はこやつがゴロゴロ動きよったからのう。眠れなんだのじゃ』

「動いた？　卵なのに？」

『たぶんもうすぐ生まれるから、中でその準備をしておるのじゃろう。魔獣にはよくあること……だとエルフ共が言っておったわ』

火炎鳥の卵を持って領主館に帰ってきた僕は、バタラたちに捕まえてきてもらったシーヴァに卵の世話を頼むことにした。

できるだけ魔力の強いものが抱いていた方が、生まれる魔獣は強くなるとエルフたちとエンティア先生に聞いたからである。

僕の知る限り、この近くで一番魔力が強いのは大渓谷の主であるセーニャだ。

だが彼女の力は強すぎるらしく、逆に卵の中の火炎鳥に悪影響を及ぼしかねないとのことで、メディア先生はシーヴァを指名したのである。

シーヴァの魔力も通常の者からすれば桁違いではあるのだが、セーニャに比べればまだ『常識の範囲内』らしい。

メディア先生やエンティア先生の言う常識がどんなものかはいささか不安ではあるが、僕より魔獣に詳しい二人の言葉を信じないという選択肢はない。

「それじゃあ今日にも生まれるってことかい？」

『それはわからんが、朝日が昇る頃にはおとなしくなっていたからのう。たぶんじゃが、今は殻を破って生まれるための力を蓄えておるんじゃないか？』

シーヴァは眠たそうに答えたあと、『我はそれまで眠らせてもらうからのう』と言って元の毛玉に戻っていった。

なんだかんだ文句を言いながらも、火炎鳥の卵を抱きかかえて丸くなるシーヴァを労《いた》わるように軽く撫でて小屋をあとにする。

「今日にも生まれるってことをみんなに伝えて、小屋の最終確認をルゴスに頼んで……あとは餌の準備もポーヴァルにお願いしないと」

領主館に戻ってきてから五日。

シーヴァに卵の世話を頼んだあと、僕はエンティア先生に指示を仰いだ。

領主館の会議室でみんなにことの顛末《てんまつ》を説明している間に調べてもらったのだが、魔獣の子供は生まれた時に初めて見た相手を親と認識することが多いらしい。

そして、鳥類の魔獣は特にその生態が顕著《けんちょ》なのだそうで。

「それでは坊ちゃん、我々は外から覗かせていただきますね」

夕方、小屋の前に集まった面々の前で、エンティア先生はそう告げると眼鏡の奥の目をきらめかせる。

実はこの小屋、彼女の指示で外から中を覗き込める覗き窓が各所に設置されているのだ。

僕もつい先ほどエンティア先生から聞かされるまで知らなかったのだが、それもこれも貴重な魔獣の誕生シーンをその目で見たいという彼女の熱意にルゴスが押し切られたからなのだそうで。

確かに覗き窓から覗けば、火炎鳥が僕以外の人間を初めて見ることは防げるだろう。

正直、そこまでするならいっそエンティア先生が火炎鳥の親代わりになればいいのにと言ったのだが、卵は僕がエルフ族から託されたものだからと、受け入れてくれなかったのである。

僕は卵が一番よく見えるであろう覗き窓に嬉々《きき》として向かうエンティア先生を見送り、小屋の扉を開けた。

中に入って、シーヴァの脇に用意しておいた椅子に座る。

シーヴァは最初はバタラたちが毎日撫でに来ることを条件に温めていたはずなのだけれど、今では大事そうに卵を抱えて、すっかり親のようにしていた。

魔獣の親子は愛情を交わすことがほとんどないと前に聞いたことがある気がするが、仮とはいえシーヴァとセーニャの間には親子の愛情があるように思える。

そして今、目の前で卵を抱え込んでいるシーヴァにも卵に対する愛着を感じずにはいられない。

シーヴァ自身も、幼い頃に親と死に別れているので、親しみを感じたのだろうか？

「どうかな？」

『もうすぐだ』

「わかるのか？」

僕の問いかけにシーヴァは顔をもたげてなぜか自慢げに答える。

『我にはなんとなくだがわかるのだ。不思議だが、きっと我が最強だからだろう』

強さと、卵が孵るかどうかは関係ないと思うけれど……

「そっか。それじゃあもう少し待つよ」

『それほど時間はかからぬよ』

そう告げるシーヴァの言葉通り、卵に異変が起こったのはそれから間もなくのことだった。

『生まれるぞ』

「ああ、本当に卵が動いてる」

卵がシーヴァの懐から飛び出しそうに跳ね上がるのを、僕は必死に押さえつける。

朝にシーヴァから『卵がゴロゴロ動いて寝不足だ』という話を聞いた時には「卵が動くわけないだろ」と思っていたのだが……

「ちょっと！　シーヴァも押さえてよ！」

『我がやりすぎると雛が卵を自ら破る前に壊してしまうじゃろうが。それではろくな魔獣にならんのじゃ』

「そんなの知らなっ……うわっ」

中で雛が暴れたのか、卵が大きく跳ねる。僕はその勢いで小屋の隅まで突き飛ばされてしまった。ちょうどそこに藁《わら》が積んであったおかげで怪我はしなかったものの、僕の手を離れた火炎鳥の卵は部屋中をあっちこっちに飛び回っている。

ガン。

バン。

ガン。

バン。

ガン。

壁や屋根、そして床にかなりの勢いでぶつかっているというのに、卵が割れる気配は一向にない。

なんという頑丈さなのだろう。

小屋の外ではバタラやヘレンが「きゃっ」「危ないですわっ」と悲鳴を上げている。

一方、エンティア先生は覗き窓から血走った目で中を見つめ微動だにしない。

ルゴスが作り上げた建物なだけあって丈夫ではあるが、それでも限度はある。

このままでは小屋ごと崩壊しかねない。

そもそも、こんな状況を想定して建てたわけではないのだ。

「シーヴァ、本当にこのままでいいの？」

『かまわぬよ。こうやって自力で卵の中から出てきてこそ強い魔獣となれるのじゃ』

「シーヴァもそうだったの？」

僕は飛び回る卵を避けながらシーヴァに問いかける。

『我か？　自分がどう生まれたかなど知るわけないじゃろ』

「なんだって！」

『お主とて、生まれた時のことなど覚えておらぬじゃろうに』

まるで経験してきたかのようなシーヴァの話は、全てセーニャからの伝聞だったらしい。

なんという無責任な。

「もしかしたら火炎鳥の場合は、外から親が殻を破ってあげるんじゃやないか？」

ガンガン、バンバンと音が鳴り響く小屋の中で、僕は声を張り上げてシーヴァに尋ねる。

『そうなのか？』

「わからないけど、もしそうだとしたら雛はこのまま卵から出られずに、体力を使い果たして死んじゃうんじゃや――」

僕が最後まで口にする前に、今まで座り込んでいたシーヴァが突然立ち上がり、目にもとまらぬ速さで卵に向かって跳んだ。

あまりに速すぎて、僕がそれに気がついたのは彼が卵を器用に抱きかかえて着地した時だった。

「シーヴァ？」

『我に任せるがよい。お主の力ではこの殻は破れぬ』

「それはそうだけど、やりすぎるんじゃないぞ」

『誰に向かって言っておる。我は魔獣の王シーヴァ様じゃぞ』

「自称だけどね」

『うるさい。そこで黙って見ておれ』

シーヴァはそう言い、ゆっくりと器用に前足を使い卵を元の場所まで持ち帰る。

その間も卵は激しく暴れていたが、本気を出したシーヴァの前では赤子同然だ。

いや、赤子なのだけれども。

『シアン、準備はいいか？』

「準備？」

『こやつの親になる準備じゃ』

「むしろシーヴァが親になった方がいいんじゃないか？」

『我は子を持つ気はない』

本当だろうか？

あれほど大事そうに卵を抱えて育てていたうえに、今も必死に殻から出てこようとしている雛を助けようとしているくせに。

母性か父性が生まれているのではなかろうか。

そういえばシーヴァって雄……だよな？

女の子たちに撫でられて喜んでいるわけだし。

『何をぼーっとしておるんじゃ』

「い、いや。シーヴァって雄なのかな？　雌なのかなって？」

『……そんなこと、今考えている場合か！　我は雄でも雌でもない』

雌雄同体《しゆうどうたい》ってこと？

そう考えているとシーヴァが更に声を上げる。

『はやく来い！　こやつの動きが鈍《にぶ》くなってきたぞ』

「あ、ああ。急がないと危険だな」

僕は慌てて藁をかき分けてシーヴァの元まで駆け寄り、少しおとなしくなった卵の前に座り込む。

そして卵を見つめながら、その瞬間が来るのを身構えるのであった。

◇　　◇　　◇

パキッ。

パキパキッ。

目の前でゆっくりと卵の殻が内側から割れていくのを、僕とシーヴァは食い入るように見つめていた。

小屋の外ではエンティア先生をはじめとし、バタラやヘレン、そしてラファムが雛の誕生を待ちわびている。

『ここまで来ればもう安心じゃ。外の連中も呼ぶがいいぞ』

「いいの？」

『もう卵が飛び跳ねることもないじゃろうし、離れていれば雛が顔を見ることもない。かまわんよ』

「そうだね。それじゃあみんなに中へ入ってもらお――」

僕は小屋の外に声をかけようと立ち上がった。

だが、その必要はなかった。

「シアン坊ちゃん！　間もなく生まれるのですね！」

小屋の扉が勢いよく開くと、真っ先に愛用の手帳を振りかざしエンティア先生が飛び込んできた。

「待ってくださいエンティアさん」

「突然駆け出さないでくださいよ」

その後ろから慌ててバタラとヘレンがやってくる。

そして次にラファムとバトレル、最後にルゴスが小屋の中に入ってきた。

小屋はある程度の広さがあったが、さすがにこの人数が同時に入るとかなり狭くなる。

部屋の中の温度も一気に上がったように感じられ、額から汗が出てきた。

「暑いですわね」

「そうですね、窓を開けましょうか？」

「では私が」

ヘレンとバタラのやり取りを聞いて、バトレルが小屋に取りつけられた数カ所の簡易窓を備えつけの棒を使って開けていく。

きっちりした長袖の執事服を着ているというのに、ヘレンたちと違ってバトレルの顔には汗一つ浮かんでいない。

「結構へこんでやがるな。もう少し時間があれば、こんなにやわな建物じゃなくて、もっとしっかりしたもんが作れたんだがなぁ」

卵が飛び跳ねてぶつかったせいで、小屋の中にはいくつもへこみができている。

少しの時間で建てたわりには十分頑丈だと思うのだが、ルゴスはどうやら小屋の出来が気に入らないようだ。

「皆さん、そろそろ火炎鳥の雛が出てきそうですよ」

一体どこから取り出したのか、小さめの机とティーセットを小屋の隅に準備しながらラファムがそう告げた。

一同の視線が、その言葉で卵に集中する。

『シアン、お主が卵の正面に来るのじゃ』

シーヴァの言葉に頷き、僕は卵の前に座り込む。

「これでいいかな？」

『かまわんじゃろう。この卵の割れ方じゃと、間違いなくお主の方へ飛び出すはずじゃ』

「飛び出すって……怪我とかしないだろうね。僕は普通の人間だから、魔獣に飛びかかられたら無事じゃ済まないよ」

『魔獣と言っても赤子じゃぞ。赤子にぶつかられて怪我をするようでは、この先育てていくのは無理じゃぞ』

「そうですよ坊ちゃん。私の持っている魔獣百科に、火炎鳥の雛はかなりふわふわだと書かれていましたから、万一飛びつかれても大丈夫でしょう」

エンティア先生が手帳から顔を上げる。

彼女の知識は信用できるものだから、そう言うのであればきっと心配ないのだろう。

「わかった。わかりました」

僕は卵の中からいつ雛が飛び出してきてもいいように、両手を顔の前に出して身構える。

とりあえず、顔面直撃だけ避けられればなんとかなるはずだ。

「あっ、嘴が見えてきましたよ」

バタラが嬉しそうな声を上げた。

卵のひび割れが広がり、そこから何度も黄色い嘴が出ては戻りを繰り返し、徐々に穴を広げていく。

ガスッ。

ガガッ。

小屋の中に火炎鳥の雛が卵を砕く音だけが響く。

今か今かと、その瞬間を待つ僕の額から汗のしずくがしたたり落ちていく。

こんなにも汗をかくのは、大人数が詰めかけて、小屋の中の気温が一気に上昇したせいなのだろうか。

いや、違う。

この暑さは目の前の卵から発せられている熱のせいだ。

「シーヴァ。一つ聞きたいんだけどいいかな？」

『なんじゃ？』

「火炎鳥ってさ、あのゾンビ化した姿しか僕は知らないんだけど、もしかして名前の通り全身に火をまとってるとかないよね？」

『何を馬鹿なことを』

シーヴァが心底呆れたような声を上げる。

「そうだよね。いくらなんでもそれはな――」

『火炎鳥は生まれた時から体中の毛が燃えておる。常識じゃろう？』

「えっ」

シーヴァの言葉に目を丸くした瞬間。突然目の前の卵が燃え上がった。

「うわっ」

「きゃあっ」

「卵が！」

「おい、どうなってんだこりゃ」

突然の出来事に、その場にいた全員が驚きの声を上げる。

いや、全員ではない。

「これが話に聞いた炎上誕《えんじょうたん》なのですねっ」

「ラファム、消火の準備をお願いします」

「わかりましたバトレル様」

エンティア先生は歓喜の声を上げ、バトレルとラファムは冷静に消火の準備を始めている。

「炎上誕って、聞いてないですよエンティア先生っ！」

『わっはっはっはっは。なかなか元気のいい赤子ではないか。シアン、こやつなかなか見所があるぞ』

「美しい……炎の中から火炎鳥が生まれる姿は、とても神秘的だと書物にありましたけど、それをこの目で見ることができるなんて」

慌てふためく僕を余所に、シーヴァとエンティア先生は嬉しそうに燃え上がる卵を見つめている。

二人の様子を見る限り、このまま火事になるということはないのかもしれない。

確かに、落ち着いて見てみると燃えているのは卵だけで、不思議なことに炎が直接当たっている藁には火が燃え移っていない。

「不思議な炎だ」

これは触っても大丈夫なのだろうか。

美しく燃え上がる卵に、僕はゆっくりと手を近づけていく。

「暖かい」

目に映るのは真っ赤に燃え上がる灼熱の炎なのに、僕の手に伝わってくるのは少し熱めのお湯くらいの温度だった。

手のひらを左右に揺らすと炎も揺れる。

もしかしたら幻覚なのかもしれないが、本物の炎にしか見えない。

「私も触っていいでしょうか？」

僕が黙って頷くと、エンティア先生は興奮気味に手を伸ばしていく。

卵が放つ不思議な炎を前に我慢できなくなったのだろう。

「本当ですね。まったく熱くない」

「でしょ」

「書物で読んだ時には『熱くない炎』など実在するとは思えなかったのですが、実際目《ま》の当たりにすると認めざるを得ませんね」

エンティア先生は、興味深げに何度も炎の中に手やペンを差し入れては、何やらメモをとり続けている。

その間にも、卵は嘴によって中から徐々に壊されていく。

『シアン、そろそろ雛が飛び出てくるぞ』

「ああ、そうだね。エンティア先生、少し下がっていてください」

「もう少し。もう少しだけ」

「わがまま言わないで」

「でもこんな機会はもう二度と——ああっ」

子供のようにごねるエンティア先生を、バトレルが羽交《はが》い締めにして無理やり引きずっていった。

さすがバトレルだ。

細い体からは想像もできない強い力で、エンティア先生の身動きを完全に封じ込めている。

『きちんと抱きとめるのだぞ』

「わかってる」

僕は嘴が開けた穴の正面にしゃがみ込み、先ほどのように両手を顔の前に構え、その瞬間を待つ。

さぁ、生まれておいで。

親鳥の代わりに君を大事に温めて魔力を注ぎ続けてくれたシーヴァの思い。

僕に君を託してくれたエルフ族の思い。

そして、死してなお君を守り続けた母の思いのために。

「みんな、君が生まれるのを待っているんだ」

◇　◇　◇

ピキッ。

炎に包まれた卵が割れる音がする。

卵に開いた穴からひっきりなしに突き出されていた嘴の動きが止まって、ついに大きな変化が現れた。

卵全体にヒビが広がり、破裂するかのように一気に卵の殻がはじけ飛ぶ。

『受け止めるのじゃ！』

「任せろっ」

シーヴァの声と同時に、卵の中からひと塊の炎が僕に向けて飛び込んできた。

それはまさに火の玉と言うにふさわしい。

「くっ」

本能的に逃げ出そうとする体を必死に押さえ込み、僕は迫り来る火の玉を受け止めようとする。

先ほど燃える卵の炎を触らなければ、間違いなくそんなことはできなかっただろう。

「受け止めたっ！」

胸の前で炎の塊を抱きしめた僕は、ゆっくりとそれを持ち上げてみる。

生まれたてのまん丸な火炎鳥は、炎をまとったままだったが、腕にはほのかな暖かさしか感じない。

燃えさかる体を素手で触っているというのに、だ。

あまりの現実味のなさに、僕の脳がおかしくなってしまったのかと錯覚を起こしそうになる。

『無事、生まれたようじゃの』

大きくあくびをしながらシーヴァは目を細めると、ごろんと横になった。

『では我の役目はここまでじゃの。少し眠らせてもらうぞ』

そう言ってそのまま眠ってしまう。

見た目ではわからなかったが、卵を預けてからずっと気を張っていてくれたのだろう。

僕は「ありがとう。お疲れ様」とシーヴァに告げて立ち上がる。

「坊ちゃま、ここに」

僕が火炎鳥の雛を抱きかかえながら立ち上がると、バトレルが台車を転がしてやってきた。

これは生まれた雛を入れるために用意した籠である。

僕はその籠の中に、ゆっくりと抱きかかえていた火炎鳥を置き、その表面を撫でる。

手のひらに伝わる体温と、ふわふわの羽毛に、自然と笑みがこぼれた。

「これが火炎鳥の雛」

「まん丸ですね」

「炎をまとったままですわ。でも熱くもないですし、どうなっているのでしょうか」

エンティア先生が、血走った目で手帳にスケッチをしている横から、バタラとヘレンがひょっこりと顔を出し、籠の中を覗き込む。

その向こうでは、こちらの様子をチラチラ見ながら様子を窺っているラファムの姿。

「紅茶はあとでいいから、ラファムも見てみなよ」

僕は冷たい紅茶の準備をしていたラファムに声をかける。

日頃あまり表情の変化を見せない彼女が、その言葉を聞いて一瞬顔を緩めたのを僕は見逃さなかった。

「シアン様、この子を触ってもいいですか？」

バタラが恐る恐る手を伸ばして尋ねてくる。

「撫でるくらいならいいんじゃないかな。というか僕はもう撫でちゃったし」

赤ちゃんというのは通常、生まれてすぐ触ったりするのはよくないはずだ。

しかし魔獣の赤ちゃんのことについては僕にはさっぱりわからない。

一番詳しいであろうシーヴァは、みっともなく腹を出し完全に熟睡している。

「エンティア先生。魔獣の赤ちゃんは触っても平気なの？」

今この小屋にいる中で、一番魔獣に詳しいエンティア先生に聞いてみた。

彼女は手帳から顔を上げると「私にもわかりません」と一言だけ告げ、また手帳に意識を戻してしまう。

役に立たない。

「ああ、どうしましょう」

「先ほどシアン様はお抱きになられてましたわよね？　どうでしたの？」

「どうと言われても……凄くふわふわで暖かかった……かな」

僕は先ほど火炎鳥の雛を抱きしめた時の感触を思い出しながら答える。

「ふわふわ」

「暖かい」

バタラとヘレンの手が籠の上を右往左往している。

シーヴァも特に孵ったあとのことを注意しなかったので、人間の赤ちゃんほどデリケートではないのではないだろうか。

僕は二人の間に割り込み、籠の中の雛を確認する。

「ん？」

僕たちの視線を感じたのか、籠の中で雛がもぞもぞ動き始める。

もしかしてまた飛び跳ねるんじゃないだろうな。

ひょこん。

いつ飛び出しても受け止められるように身構えた時、突然まん丸の毛玉から何かが生えた。

「尻尾？」

「尻尾ですわね」

「可愛い」

それは確かに鳥の尻尾に見える。

もちろん普通の鳥の尻尾と違い、炎に包まれて揺れているが。

ばさっ。

「翼？」

「翼ですわね」

「可愛い」

続けて丸い玉の左右から小さな羽らしきものが生え、そして――

『フィーーーーーーーーーー！』

可愛らしく甲高い鳴き声と共に頭……というか小さな嘴が飛び出したのだ。

第三章　新たな仲間と女神様の願いと

火炎鳥の雛が孵った翌日。

僕たちはその雛を『フィーミア』と名づけることにした。

エルフ族の古い言葉で『火の鳥』のことを『フィーミア』と言うらしい。

名前の由来は安易なものであったが、響きが可愛らしいのと、雛の鳴き声が「フィー」であることもあって、満場一致で決定したのである。

『フィー！』

『じゃれつくでない。それに我はお主の母親ではないと何度言ったらわかるのじゃ』

まん丸な体に小さな羽と尻尾、そしてクリクリな瞳という愛らしい姿のフィーミアは、今もシーヴァの頭の上に乗って、彼の耳を嘴でくわえて引っ張って遊んでいる。

僕には魔獣の言葉はわからないが、シーヴァが言うにはフィーミアは僕を父親だと思っているらしい。

そして、この話を聞いた時にはみんなで大笑いしたのだが、シーヴァのことを母親だと思っているとのこと。

「僕とシーヴァの子か」

『馬鹿なことを言ってる暇があったら、こやつを引っぺがしてくれ。耳が痛くてかなわんのじゃ』

口ではそう言いながら、フィーミアを無理やり振りほどこうとしないシーヴァに苦笑しつつ、僕はフィーミアを引き剥がす。

『フィー』

僕の初めての子供が魔獣になるとは思いもよらなかった。

抱き寄せたフィーミアが甘えた声を上げて僕の胸に頭を擦りつける。

まだ大きさも僕の拳二つ分ほどしかないが、いずれはあの親鳥くらいの大きさになるのだろう。

魔獣の成長速度というのはよくわからないが、シーヴァによれば環境によってかなり左右されるらしい。

「フィーミア。お前は本当にふわふわで暖かいな」

炎のように揺らめく暖かな羽毛の触り心地は最高だ。

この町の中だと暑くて長くは抱いていられないけれど。

「シアン様、私にも抱かせてください」

今日も朝から急いで仕事を終えてやってきたバタラが、ウズウズしながらフィーミアを触りたそうにしている。

僕はバタラの手にフィーミアを乗せてあげた。

「昨日よりもふわふわですね」

緩んだ表情を浮かべたバタラは、そう言いながら羽毛に顔を埋《うず》める。

確かに昨日は生まれたばかりで少ししっとりしていたから、今日ほどふわふわじゃなかったように思う。

『健康状態も問題なさそうじゃし、そろそろ我は散歩に出かけてもよいかのう？』

卵を預けてからずっとお守りをしてくれていたシーヴァは、日課である散歩を我慢し続けていた。

これでやっと、彼の趣味（女の子にナデナデしてもらうこと）が解禁されるとあって、早く外に出たくて仕方がなさそうだ。

「ああ、ありがとう。あとは僕たちが面倒を見るから夜までは自由にしてもらってかまわないよ」

『ふむ。では夜までは自由行動をさせてもらうのじゃ』

シーヴァは藁で作ったベッドから立ち上がり、尻尾を猛烈に振りながら小屋を出ていった。

育児ストレスがかなり溜まっていたのかもしれない。

「町の人たちに迷惑だけはかけるんじゃないぞ」

『わかっておるわ！』

それでも一応注意だけはしておかないと。前みたいに生乾きのコンタルを見つけては足跡をつけるようなことをされては敵わない。

特に今は明後日に迫ったバタラの成人の儀と、モグラ獣人の結婚式の準備で町中が大忙しなのだ。

「うふふふ」

イベントの主役であるバタラは今、フィーミアを撫でながら、奇妙な笑い声を上げている。

彼女のとろけきった表情を眺めつつ、僕は小屋の隅に作ってもらった机に近寄ると、その上に載った書類を手に取った。

「明後日の成人の儀で、僕が考えているようなことが起こったとしたら、最悪国が動くかもしれないな」

長い年月の間、王国では女神様から授かった力を使えるのは貴族のみだとされてきた。

けれどこの町にやってきて、貴族以外でも女神像に祈ることで魔力を魔道具に注ぎ込めることがわかってしまった。

次に僕が確かめたいのは、貴族以外でも女神様から加護の力がもらえるのかどうかである。

ちょうどバタラが成人を迎えるのはいいタイミングだったと思う。

他の誰でもないバタラなら、女神様から加護を授かったとしても悪用することはないはずだ。

「ただ、貴族以外が加護を授かったことを国が知ったらどうなるか……」

正直に言えば、国が総力を挙げてこようとも、シーヴァとドワーフ族、そして最近になって味方になったエルフ族が後ろ盾にいる以上、負ける気はしない。

今の王国の力ではどうあがいてもこの町をどうにかできるとは思えない。

「それに、最悪の場合はセーニャ様も力を貸してくれるだろうしね」

しかしあまりセーニャがおおっぴらに動くと、思いの力がまた集中してしまい暴走する可能性がある。彼女に頼るのは最終手段だ。

僕がエルフの里に出かけている間に、式場となる集会場はウェイデンと師匠の指揮の元で大改装され、新たな女神像も既に設置されていた。

ルゴスによれば、彼の父親であるビアードさんと弟子の二人にも協力してもらい、急ピッチで完成させることができたらしい。

「あとは明日最後の仕上げとリハーサルをして、明後日の本番か」

今日はヘレンも朝から準備で、屋敷の中に籠もりっきりなので少し寂しい。

家臣団で暇そうなのは馬丁のデルポーンくらいだろうと思ったが、彼も明後日は愛する馬たちと共に出番がある。

そのため今朝からビアードさんの鍛冶工房へ馬たちを連れて出かけたまま帰ってきていない。

「バタラももう少ししたら、ヘレンのところに行かなきゃいけないんだよね？」

「あっ、そうですね。今日は衣装合わせをするらしいので。でもギリギリまでフィーミアちゃんと遊んでから行きます」

「バタラの成人の儀の衣装か……きっと可愛いんだろうね」

僕が何気なく呟くと、バタラは慌ててフィーミアの羽の中に顔を埋めた。

耳まで真っ赤に染まった顔は、小さなフィーミアの体では隠し切れていない。

「……」

「……」

二人きりの小屋の中に妙な空気が流れる。

僕は思わずバタラから顔を背けると、机の上の書類から適当なものを取り上げ、読んでいるフリをしてその場をごまかすことにした。

「えっと……エルフの種の繁殖許可申請……え？」

「あっ、それは私がメディア先生に種のことを話してしまって」

そういえば前にバタラから、彼女の祖母がヒューレにもらったというエルフの種を譲り受けていたっけ。

すっかり忘れていた。

「せっかくエルフの里に行ったんだから、あの種のことを詳しく聞いてくればよかったな」

とは言っても、あの騒ぎの中でそれを思い出せと言うのは無理な話だ。

僕は悪くない。たぶん。

「まぁ、明日にはエルフの里からエリアエルさんたちが成人の儀の賓客として来るし、その時に聞けばいいか」

「あの、シアン様」

「ん？」

バタラの呼びかけに振り向くと、彼女はまだ赤い顔をしていた。

それはフィーミアの高い体温のせいかもしれないが。

「種のことなら、メディア先生がヒューレさんから話を聞いてましたよ」

「そうなの？　僕のところにはそんな報告は一つも……」

そういえば、メディア先生は大抵のことを僕に報告せずに進めてしまう人だった。

気がつけば増えている魔植物を思い出しながら、僕は頭を抱える。

今回は一応エルフの種を植える許可を求めてきているだけマシだ。

といっても、種は僕が持っているから勝手に進めようにも進められなかっただけだと思うが。

「バタラはエルフの種の正体は聞いてるの？」

「いいえ、私はまだ」

「それじゃあメディア先生に直接聞いてくるしかないか」

メディア先生は、明後日のために移民の人たちと野菜の収穫に出かけているはず。試験農園にいるだろう。

フィーミアの散歩がてら、町を散策してから試験農園に行ってみよう。

僕はそう計画を立てながら、バタラをラファムが呼びにやってくるまでの間、書類チェックを続けたのだった。

◇　◇　◇

フィーミアの散歩がてら農園へ向かう。

最初こそ興味深げにふよふよと僕の周りを飛び回っていたフィーミアだったが、農園に着く頃にはさすがに疲れたのか僕の頭の上で短い羽を休めていた。

まるでふわふわの帽子を被っているようなその姿はかなり滑稽《こっけい》みたいで、すれ違う町民はみんな笑いをこらえたような顔で挨拶をしてくる。

僕としては見た目が滑稽なのはかまわないのだが、なんせフィーミアは火炎鳥である。

その体温は普通の動物より遥かに高いため、頭が熱せられてフラフラしてしまう。

『フィー』

とはいえ、頭の上で楽しそうな鳴き声を上げているフィーミアを捨て置けるわけもない。

時々両手でフィーミアの体を持ち上げて頭の熱を冷ましては、また頭に乗せるという行為を繰り返す。はたから見たらかなりおかしな歩き方をしているように見えるだろう。

「これはヒューレに何か魔道具を作ってもらわないと、熱中症で倒れかねないな」

『フィィー』

持ち上げると遊んでもらっていると勘違いしたのか、今まで以上に嬉しそうにフィーミアが鳴く。

そんな様子に苦笑していたら、ようやく農園にたどり着いた。

そこでは移民たちを含め町民や魔植物たちが、広大な敷地の各所で作業をしている。

少し前まで砂丘《さきゅう》だった近くの丘も、今ではうっすらと緑の芝が広がっていて牛たちがそれを喰《は》んでいる。

芝については、今は濃度の高い魔肥料を使って成長速度を速め、生息範囲を広げることに力を入れているため、まだ栄養素は十分に備わっていないらしい。

「領主様」

「ああ、気にしないで作業を続けてくれていいよ」

近くにいた町民が僕に気がつき、作業の手を止め挨拶をしようとするのを制止して言う。

その町民は僕よりも、頭の上にいる謎の生物が気になっているようだ。

「この子が気になるかい？」

「ええ、まぁ。もしかしてその子が噂の？」

「噂がどんなものかは知らないけど、エルフの里から連れてきた火炎鳥のフィーミアさ」

「へぇ。しかし領主様のところにはおかしな生き物ばかり集まってきますな」

町民はそう口にしてから一瞬バツの悪そうな顔をして「おかしなっていうのは比喩でして」と慌てて言い訳をする。

僕はそんな彼に苦笑しながら「大丈夫。僕も同じように思ってるから」と返した。

言われてみれば、僕が来るまで一部の町民の間でエルフやドワーフ族との交流はあったものの、人間以外はこの町にはいなかったわけで。

それが獣人族にエルフやドワーフ、本来なら人族の敵であるはずの魔獣や魔植物、そして火炎鳥までこの領地の住民となっている。

「むしろ僕よりも君たちがどうして異種族を普通に受け入れてくれているのかって方が不思議だよ」

元々交流のあったドワーフや、見かけだけなら人族とあまり変わらないエルフはいいとしてもだ。

正直、魔植物に関しては見かけからしてかなり危険な魔獣にしか思えないのだが。

「そりゃあっしらも最初あの木人《もくじん》たちを見た時は驚きましたがね」

どうやら魔植物のことを町民たちは『木人』と呼んでいるらしいと、この時初めて知った。

「メディア様が木人たちと共に一生懸命この農園を作ってくれる姿を見てたら、いつの間にか怖いって思わなくなっちまってましてね」

確かに農園でメディア先生の指示に従って畑を耕し、整備し、外敵から野菜を守るその姿は誰もが思い描く魔獣のイメージからはほど遠いだろう。

見かけは普通の犬にしか見えないシーヴァや、もふもふなフィーミアに比べれば魔植物は完全に魔獣らしい姿なのだが。

「魔植物のあとじゃあ、ドワーフやエルフなんてまだまだ『普通』ってわけか」

そんな話をしている僕たちに気がついたのか、メディア先生が魔植物のジェイソンを連れてやってきた。

最近、ジェイソンだけは僕にも見分けがつくようになってきた。

頭のような部分が赤みを帯びていて、縦長なのがジェイソンである。

「この子が火炎鳥の子供かい？」

メディア先生はそう言うと、僕の頭の上からフィーミアを持ち上げ、ころころとこねくり回す。

『フィー』

結構雑に扱われながらも、当のフィーミアは遊んでもらっていると思ったのか嬉しそうだ。

「そういえばメディア先生は孵化の時に見に来てませんでしたよね？」

「行くつもりだったんだけど、ちょうど新しく実験を始めたところでね。手が離せなかったんさよ」

「実験？」

「そのことについて少し坊ちゃんに話しておきたいことがあるさね」

メディア先生は両手で抱えていたフィーミアを、雑にジェイソンに向けて放り投げる。

一応飛べるから大丈夫とはいえ、その扱いはどうなのだろうかと思ったが、どうやらジェイソンもフィーミアに興味津々だったようで、器用に伸ばしたツタでフィーミアを受け取ると、何やら楽しげに遊び始めた。

僕は魔獣同士が仲良さそうにしているのに安堵しつつ、メディア先生に向き直って尋ねた。

「それで話したいことって？」

「ここじゃあなんだし、ちょいと休憩所まで来てくれるかい？」

「それはかまいませんが。フィーミアは――」

「あの子ならジェイソンに任せておけばいいさよ」

楽しそうにじゃれ合っている二匹の魔獣をちらりと見てから、メディア先生は僕にそう告げて、懐から一つの魔道具を取り出した。

「それって鑑定レンズじゃないですか」

「前に坊ちゃんにも見せたけど、こいつは色々と便利な魔道具でね。農園でも魔肥料の魔力濃度を調べたりするのによく使ってるんさ」

前にも薬や魔力回復ポーションの鑑定で役立ってくれていたが、魔肥料の魔力濃度まで調べることができるとは知らなかった。

この状況で鑑定レンズを僕に見せたということは、彼女の実験と何か関係があるということだろう。

「まぁ、その研究の最中に一つ不思議なことがわかったさね」

「何がわかったんです？」

「とりあえず、それが正しいかどうかを確認するために坊ちゃんに少し協力してもらいたいんさよ」

メディア先生は鑑定レンズを胸元に仕舞い込むと、ジェイソンに何か声をかけてから歩きだす。僕も慌ててそのあとを追った。

メディア先生が話したいこととは一体なんなのだろうか。

「協力って何をするんですかね」

僕はメディア先生の背中に声をかけながら休憩所へ向かうのだった。

◇　◇　◇

農園の休憩室は、領民や移民の人たちを本格的に雇うようになってから、今まであった小屋の隣に突貫工事で建てたものだ。

ルゴスは最終確認だけで基本的に町の大工衆だけで作ってもらったが、思ったよりしっかりした作りになっていた。

あとで正式な休憩所を別に作るつもりだったのだが、このまま内装などを整えるだけでよさそうだ。

それというのもドワーフ族がもたらしてくれたコンタルのおかげで、基礎工事が簡単になったことが大きい。

「ちょっと座って待っててくれないかい」

休憩室の中には大きめのテーブルと、それを囲むように十脚ほどの椅子が置かれていた。

僕はメディア先生に言われるまま、そのうちの一つへ腰を下ろし、出ていく彼女を見送ったあと、部屋を見渡す。

部屋の中には前述したテーブルと椅子、あとは食器棚と女神像が祭られた祭壇があった。

まだ殺風景な部屋の中に祭壇があるのは違和感があるが、これには意味がある。

女神像は『神コップ』を掲げるように持っている。

この『神コップ』には、僕の【コップ】と同じように水を出す機能がある。

中央広場の像と違い、むき出しのままの『神コップ』が普通に置かれているのはなかなかシュールな光景である。

僕はその『神コップ』に意識を集中させ、ステータスを確認する。

「魔力は満タンか。僕が補充する必要はないな」

そう、この女神像は『神コップ』への魔力供給のためにこの部屋に置かれているのである。

こんなことを言うと女神様に怒られそうだが、現状魔力操作によって『神コップ』へ魔力を充填《じゅうてん》できる人は領内では僕とヘレンだけということになっている。

他にも大エルフであるヒューレやドワーフのビアードさん、そしてハーフエルフであるラファムも可能であるが、いちいちこのためだけに農園まで来てもらうわけにもいかない。

実は現在バタラをはじめ、ベルジュやストッカなど、成人前の子供たちを集めて魔力操作の仕方を教えていたりするのだが、それはまだ一部の人たち以外には知られていない。

それに、農園で使う水については農園の人たちで賄《まかな》った方が、先々も安定するだろうという考えがある。

そのためこの農園に従事している人たちには、朝と昼、この女神像へ祈りを捧げてもらい、『神コップ』へ魔力を溜めることでいつでも水を出せるようにしているのだ。

祈りの本当の意味を彼らはまだ知らないが、祈りを捧げたあとはなんだかすっきりするらしい。ルゴスも同じようなことを言っていたっけ。ある程度体内の魔力を使用すると何か体にいいことが起こるのだろうか。

「待たせたね」

メディア先生が外から戻ってきた。その手には小さめの水桶が一つぶら下げられている。たぶん納屋の横にある水溜め桶から汲んできたのだろう。

「どうしてそんなものを？」

メディア先生は水桶をテーブルの上に置きながら、僕の質問に答える。

「これからの実験に必要だったからに決まってるさね」

彼女はそのまま今度は食器棚に向かうと、中からティーカップを三つ取り出し、次に女神像に設置されていた『神コップ』を僕の前に置いた。

「一体何をするんですか？」

「坊ちゃんの【聖杯】の力を確認したくてね。まぁ一応こっちの『神コップ』で実験は済んでるんだけどね」

メディア先生はそう言うと、『神コップ』から目の前に置いたティーカップの一つに水を注ぐ。

そして空のティーカップを指さし――

「さぁ、坊ちゃん。こっちのコップに水を注いでくれないかい？」

そう言った。

「普通の【水】を【聖杯】で注げばいいんですよね？」

僕はそう言いながら【コップ】を出現させると、スキルボードから【水】を選択して、空のティーカップへ注ぐ。

その間にメディア先生は外から持ってきた汲み置きの水をもう一つのティーカップで掬い取って、三つのティーカップをテーブルの上に並べた。

左から【聖杯】の水、『神コップ』の水、汲み置きの水という順番である。

「それじゃあ鑑定するさよ」

「鑑定って、この水を？」

「他に何をするって言うんだい？」

メディア先生は胸元から先ほど仕舞い込んだ鑑定レンズを取り出し、それを覗き込みながら三つの水を次々と鑑定していく。

一体彼女はただの水を鑑定して何をするつもりだろう。

疑問に思っていると、三つの水を何度か往復で鑑定していた彼女が顔を上げ「やっぱり間違いないさね」と呟いた。

「もしかしてこの三つの水に何か違いがあるんですか？」

「見てみるかい？」

メディア先生はそう言うと僕に鑑定レンズを差し出した。

それを受け取った僕は、まずは【聖杯】で出した水に向けてみる。

するとレンズの中に小さな文字が数行浮かんで見えた。

読み辛い小さい文字の一行目にはこう書かれている。

『品種：【水】　軟水　魔力：0』

他にも僕にはよくわからない言葉がずらずらと並んでいる。水の中に含まれている成分だろうか。

軟水という言葉も初めて見る。あと魔力については水なのだからなくても当たり前だろう。

僕はそう結論づけると、隣の『神コップ』の水を同じように鑑定する。

『神コップ』は【聖杯】の能力の一部分であるから、当然先ほどと同じ表示になっていた。

そして最後に汲み置きの水を覗き込み……

「えっ」

鑑定レンズの表記が変わっていることに驚きの声を上げてしまう。

たしかこの水も【聖杯】か『神コップ』で出した水のはずだ。

大渓谷の水道橋を復活させたおかげで戻ってきている地下水から汲んできているわけではない。

なのに、明らかに先ほどの二つとは違う部分がある。

「気がついたかい？」

「これは一体どういうことなんだ……」

僕は再確認のためにもう一度鑑定を行う。

しかしレンズの表記は変わらなかった。

そこに表示されていたのは――

『品種：【水】　軟水　魔力：7』

先ほどの二つの水の魔力は確かに0だったのに、この汲み置きの水には7も魔力が含まれている。

元は同じ【水】のはずなのに。

違いと言えばこちらは汲み置きされ、作り出されてからしばらく経ったものであるというだけだ。

「【コップ】で作った水には魔力がない？」

僕の言葉に、メディア先生は小さく頷く。

彼女が僕に見せたかった実験とは、この魔力の違いで間違いないようだ。

「でも水には魔力なんてないのが普通じゃないですか？　汲み置きの水には魔肥料か魔物の血でも混ざったんじゃ」

「まぁ、坊ちゃんの言うとおり、魔力があとから混じり込んだことに間違いはないだろうけどね」

では何を言いたいのだろうか。

首を傾げていると、メディア先生は汲み置きの水が入ったティーカップを持ち上げて口を開く。

「でもね。魔力ってもんは元々この世の全てのものに内包されてるものなんさよ」

「えっ」

「つまり、魔力が一切含まれてない坊ちゃんの作り出す【水】の方が異常ってことさね」

「僕の作り出した【水】が異常って」

「言い方が悪かったね。坊ちゃんの作り出すものには他と違って『魔力』が含まれていないって話をしたかっただけなんさよ」

メディア先生はそう言うと、僕の対面に座る。

「それで、ここからが本題でね」

コトッ。

机の上にメディア先生がポケットから取り出した瓶を置き、小さな音が鳴る。

「これは？」

濃い茶色の小瓶は、ラベルも貼っておらず中身も見えない。

だが、何か液体が入っていることはわかる。

「これは坊ちゃんの【聖杯】では複製できなかったものさね」

「ということは、もしかして『魔獣の血』ですか」

その言葉にメディア先生は小さく頷く。

僕は瓶を手に取って揺らしてみる。

粘性の高そうな液体が瓶の中で揺れるが、しっかり蓋がされているので匂いも何もわからない。

しかし、メディア先生はなぜ突然こんなものを出してきたのだろうか。

不思議に思っていると、彼女はゆっくり口を開いた。

「前から疑問に思っていたんさよ」

「何をです？」

僕は手にしていた瓶を机の上に戻すと、彼女の話を聞こうと身構えた。

「もちろん。この『魔獣の血』や『魔肥料』が、どうして坊ちゃんの【聖水】で複製できないのかってことさね」

「それは……女神様が魔獣に関するものを複製することを嫌がっているからですよね」

前にメディア先生と話して出た結論がそれだった。

「本当にそんな風に思うのかい？」

彼女の言い方は、それが間違いであったと指摘するかのようで。

「だって、女神様は魔の者を嫌って、王に魔獣の大討伐を行えと神託を……」

王国に残っている記録には、当時の王が女神様から神託を受けたのが大討伐を決定した理由だと書かれていた。

その頃、辺境や森に近い町では、少なくない魔獣被害が出ていた。

今では閉鎖されている王国内にあるダンジョンの暴走も、時々起こっていたらしい。

そのため当時の国民の大多数は、「国がようやく重い腰を上げた」と大討伐の実施を歓迎したそうだ。

「それは本当に女神様の神託によって行われたと？」

「僕はそう教えられていますけど、メディア先生は違うと言うんですか？」

「あたしは違うと思ってるさね。でもまぁ、今はその話は置いておくとして、本題は女神様は別に魔獣を嫌っていないということさよ」

メディア先生はそう言うと、机の上の瓶を、細い指で弄《もてあそ》びながら続ける。

「なんだか納得できないって顔だね？」

それはそうだ。

今まで常識だと思っていたことを違うと言われたのだから。

しかもそれに関する説明がないので、納得しろと言われても無理がある。

だが、僕はこの領地にやってきてからずっと同じようなことを経験してきたはずだ。

国に残っている様々な『常識』や『記録』が、間違いや嘘だらけだったということを。

とりあえず今は【聖杯】に話を戻して、疑問を解決するため口を開く。

「納得はまだしていませんが、とりあえず『魔獣の血』や『魔肥料』を【聖杯】で複製できなかった理由が女神様と関係ないとしましょう」

だとしたら、なぜ複製できなかったのか。

僕はその答えが、目の前に並ぶ三つのティーカップにあることをわかっていた。

そうでなければメディア先生がいちいち僕を呼んで、こんな実験を見せる必要がないからだ。

僕は三つのティーカップを見ながら、頭に浮かんだ答えを口にした。

「もしかして僕の力で作り出すものには『魔力』がないから、魔力そのものが成分であるものは作り出せない？」

三つのティーカップでメディア先生が示したように、僕の【コップ】で作り出すものは、『魔力』以外の物質が、複製前とまったく同じもので構成されている。

逆に言えば、魔力の入っていないものしか作り出せないということだ。

「推測だけどね。たぶん今までのことを総合すると、そう思って間違いないはずさね」

魔獣の血や魔肥料などを構成する主要な成分は『魔力』だ。だから【聖杯】には登録されなかったというわけだ。だとすれば、今まで魔力に関するものだけが複製できなかった理由に説明がつく。

もし、僕の力が再創造《リクリエイト》でなく、先代と同じ創造《クリエイト》であったなら、魔力すらも作り出せていたに違いない。

なぜなら、先代の『聖杯使い』は魔道具を生み出したとセーニャが言っていたからだ。

「これじゃあ僕は完全に下位互換でしかないな」

誰にも聞こえないように僕は自嘲する。

再創造《リクリエイト》も創造《クリエイト》も、それぞれ一長一短《いっちょういったん》があるとセーニャは言っていたが、今のところは一方的に負けているようにしか思えない。

もしかするとこの先力が開放されていけば、いつかはその差が埋まる日が来るのかもしれないが。

しかし【聖杯】から出てくるものには魔力が含まれていないなんて、今までまったく知らなかった。

メディア先生もよく気がついたものだ。

「あたしがこのことに気づいたきっかけは、坊ちゃんの言葉さね」

「僕の？」

「前からよく坊ちゃんは言っていたからね。ラファムの紅茶はまったく同じものを複製してるはずなのに、直接淹《い》れてくれたものの方が美味《おい》しいのはなぜだろうってね」

「確かによく言ってた気がするけど……まさかそれって」

ラファムが淹れてくれたお茶には魔力が含まれていて、僕が複製したものにはそれがない。

実際にラファムの紅茶に含まれている魔力は微々たるものだろうけれど、それがあの微妙な味わいの違いになっていたのだろう。

「あたしもウララ病の薬を複製した時に気がつけばよかったんだけどね。効能が複製品にもあるかどうかしか意識して見てなかったからねぇ」

メディア先生は「それにこれは坊ちゃんにだけ教えるけど」と少し声を潜めて言葉を続ける。

「本来『鑑定レンズ』では魔力量は測定できないんさね」

「それって」

「いわゆる裏技ってやつさね。そしてその裏技が使えるのはこの『鑑定レンズのオリジナル』だけ」

そう言いながらメディア先生は鑑定レンズを指で弄ぶようにころころと転がす。

「オリジナルって、まさかその鑑定レンズは」

「そう。この鑑定レンズは、製作者の貴族様から押しつけられたのさ。といっても、あたしじゃなく祖父がだけどね」

人族が女神様から授かる加護にはいくつかの種類がある。

僕の兄姉のように直接的に魔法の力を授かる者。僕のように神具を授かる者。

そして神具には劣るものの、冷蔵庫や鑑定レンズなど便利な魔道具を作り出す付与魔法の力を授かる者。大まかに分けるとその三者になる。

その中でも三番目の付与魔法を授かる者は、その力で数々の魔道具を世に残していく。

といっても魔道具作成にはかなりの魔力を消費するため、強力な魔道具は一生涯でもそれほど多く作り出せないらしい。

今メディア先生が口にした『オリジナル』というのはその中でも特別なもので、女神様から付与魔法を授かった者が最初に作成した魔道具のことを指す。

「ナイショだよ。これは坊ちゃんだから教えたんだからね」

「もちろん誰にも言うつもりはないですけど」

オリジナルが貴重な理由は、最初に作られたものだからではない。

オリジナルには、そのあとに作られるものにはない特別な力が宿っている場合がある。

メディア先生の『鑑定レンズのオリジナル』には魔力量を鑑定する力があり、他の『鑑定レンズ』にはないらしい。

「でも、お爺様が押しつけられたってどういうことなんですか？」

「言葉通りの意味さね。貴族様の専属医師をしていた祖父から聞いた話だと、これを作ったお貴族様も最初は色々なものを鑑定して楽しんでいたらしいんだけど、ある日町に出かけた帰りに急に体調を崩したらしくてね」

その貴族はメディア先生の祖父を急いで呼び出し、彼と二人だけにしてくれと使用人に命令したあと、鑑定レンズを彼女の祖父に手渡したのだという。

そしてその際、『生き物は鑑定しないように』と固く約束させられたのだそうだ。

「祖父は律儀《りちぎ》に死ぬまでそれを守ったんだよ。でもね、受け継いだあたしにはその『約束』は引き継がれなかった」

「お爺様が言い忘れていたんですか？」

「ま、あたしがそんなことを守るとは思わなかったんだろうね」

そして——彼女は少し意地悪そうな表情を浮かべた。

「坊ちゃんが屋敷で、誰にでも魔力はあると発表した時にね。やっとあたしだけの知るヒミツじゃなくなったんだなって、ちょっとホッとしたもんさね」

メディア先生はそう言って笑ったのだった。

◇　◇　◇

「フィーミア、おいで」

『フィー！』

「よく懐《なつ》いてるじゃないか」

「どうも僕を父親だと思ってるみたいなんですよね」

「鳥類の生き物によくある刷り込みってやつかい？」

僕は頭の上に降り立ったフィーミアを撫でながら「どうなんでしょうね」と曖昧に笑う。

実際、魔獣であるフィーミアが、普通の鳥と同じような生態をしているのかはわからない。

エンティア先生も、そのことについての記録はないと言っていたし、シーヴァに至っては『知らん。こいつが勝手に言ってるだけじゃ』と、じゃれつくフィーミアを、面倒くさそうに払いのけていた。

「赤ちゃんとしての防衛本能なのかもしれませんけど、今のところは安心して相手できますよ」

「魔植物たちとも仲良くできそうだし、いいんじゃないさね」

メディア先生はそう言うと、僕の頭の上のフィーミアを触る。

「ところで思い出したんですけど、エルフの種は結局どうしたんですか？」

「ああ、そういえばそうさね。別に坊ちゃんの【聖杯】の能力を説明するためにさっきの話をしたわけじゃなかったさよ」

すっかり忘れていたとばかりに彼女はぽんと手を叩くと、先ほどまでフィーミアの相手をしてくれていた魔植物ジェイソンに「例のアレを持ってくるさね」と指示を出す。

「例のアレってなんです？」

僕の問いかけに、メディア先生はジェイソンが向かった先に置いてある、人が一人は入れそうなくらいの大きさの箱を指さした。

「あの箱に坊ちゃんの【水】を入れてもらおうと思ってね」

「あれはどこから持ってきたんです？」

「王都から出てくる時にあたしの私物を詰めてきた箱さね」

話をしているうちに、ジェイソンが器用にツタで箱を運んで僕らの前に置く。

木製だが、普通の木のような年輪の筋が見当たらない。僕はこの素材に見覚えがあった。

「王都の建物の廃材を再利用したんですか」

「ちょうど建て直すって言っていたから色々もらってね。なんせ王都の建物の建材は特殊だから色々使えると思ってね」

建国当時に建られたと言われているものは全てこの建材が使われているのだが、王都以外で同じような材料は使われていない。

それどころか、この建材が一体どうやって作られたものかすら記録に残っていないため、今では同じものを作り出すことは不可能らしい。

「特殊といっても、別にもの凄く頑丈なわけでもないですし、珍しいということ以外はこれといった特徴はないと思うんですけど」

「そう思うかい？　まぁ、王都の人間はみんなそう思ってるけどね」

メディア先生はそう言いながら、今日何度目かの『鑑定レンズ』を取り出し、僕に差し出した。

「これで『鑑定』してみればわかるさよ」

「でも、この建材は鑑定しても普通の木材と同じ素材としかわからないんじゃ……」

「いいから」

「わかりましたよ」

僕はメディア先生に急かされるまま、鑑定レンズを箱に向けた。

『品種：【木箱】　木で作られた箱　魔力：０』

その下には使用されている木の種類だろうか、数種類の木の名前が並んでいる。

僕はレンズから目を離すとメディア先生に「普通の木箱としか出ませんよ」と告げる。

「普通？　さっきの休憩室での話をもう忘れたのかい？」

「休憩室での話っていうと、僕の【聖杯】の力のことですよね？　それと一体何が？」

僕はもう一度レンズを覗き込む。

『品種：【木箱】　木で作られた箱　魔力：０』

そしてステータスを見て気がついた。

「えっ……魔力がない」

「やっと気づいたかい？　そう。その素材には魔力がないんさよ」

「でも僕の【コップ】から出したものを除けば、この世界にあるものはほぼ全て魔力を内包しているんじゃなかったんですか？」

「面白いだろう。あたしが今までそのレンズを使って見てきたものの中で、魔力がなかったのは坊ちゃんの【聖杯】から出した液体と、王都の建物だけさね」

メディア先生が言うには、他の町や村の建物には少しではあるものの魔力が含まれていたそうだ。

そして王都でも、新しい建物や改築した部分は同じように魔力を含んでいたという。

「あたしが特殊と言った意味がわかったさね」

「ええ。ですけど、どうしてなんですか」

「わからないとしか答えられないね。色々過去の文献も調べたけど、なんも載ってなかったさよ」

他にも古い記録と歴史を知る人たちに話を聞いて回ったが、答えはわからなかったそうだ。

「それで、この素材が凄いのはそれだけじゃないんさよ。坊ちゃんの【水】と違って、この木は王都が作られてから今までの長い年月、ずっと魔力を吸収していないんさよ。おまけにもう一つ、この建材には興味深い特性があってね」

メディア先生は箱の蓋をゆっくりと持ち上げる。

中に何か入っているのかと思ったのだが、予想に反してその中身は空っぽだった。

「？」

「この素材は魔素の浸食を防ぐ力があるさよ」

「どういうことですか？」

「簡単に言えば、この中に坊ちゃんの【コップ】の水を入れてもらったあと、しっかり蓋をして密閉しておけば、ずっと【魔力が０の水】を保持できるってことさね」

◇　◇　◇

成人の儀の前日、僕は最終確認を終え、最後にバタラの儀式服の試着に立ち会うため、屋敷の一室にやってきていた。

ヘレンの指揮の下、先ほどまで町の有志であるおばちゃんたちに着せ替え人形のごとく着替えさせられていたバタラだったが、今はその人たちも部屋を出ていき、ヘレンも僕に見せたい書類があると自らの執務室に戻っていった。

なので、今この部屋にいるのは僕とバタラの二人だけである。

「ついに明日、成人の儀だね」

「本当に私なんかでいいのでしょうか？」

不安げに僕を見るバタラ。

その身はヘレンの指示の下で作り上げられた儀式用の純白のドレスに包まれていた。

褐色の肌にとてもよく似合っていて、初めて見た時、僕は思わず声を失ってしまったほどだ。

純白の衣装は、僕が以前見た女神様の服をモデルにしている。

それを元に、ヘレンとバタラが話し合いながらデザインを固めていったのだ。

これから先、この地で成人の儀が行われる時は誰もがこの儀礼服を着るようになる。

もちろん性別や種族、本人の希望に合わせての変更はあるが。

「この服を作っている時は、とても楽しかったのですが……いざ着て、儀式に出ると思うと緊張しちゃって」

「儀式の最中に、みんな見とれちゃって進行が遅れちゃうかもしれないね」

「見とれ……って、そんな」

照れる彼女の反応を楽しみながら、僕は明日の予定をもう一度頭の中で確認する。

まず朝から昼までモグラ獣人族のトーポとクロートの結婚式が行われる。

スタートはこの領主館で、そこから二人を乗せた馬車が町を通り対岸の集会場へ向かう。

そして集会場では獣人族の流儀に沿った挙式が行われる。

それに関してはウェイデンと師匠に一任してあるので、僕も当日までどんな結婚式が行われるのかわからない。

尋ねてもウェイデンにはのらりくらりと躱《かわ》され、師匠はニヤニヤとするだけで何も答えてくれなかった。

少しだけ嫌な予感がしないでもない。

「本当は続けてバタラとヘレンとの婚約発表もする予定だったんだけどね」

「それはやっぱり早すぎますっ」

「僕たち貴族は子供の時に知らない相手との婚約を勝手に決められるのが普通だから、早いとか思わなかったんだよね。ごめん」

貴族と平民の常識の違いを師匠やウェイデンに指摘され、結局発表は延期することにした。

しかし、それを差し引いても明日の成人の儀は歴史的な出来事になるだろう。

「バタラは一体どんな加護を授かるのだろうね？」

「それなんですけど、私みたいな平民が本当に女神様の加護なんて授かることができるのでしょうか」

不安そうに口にするバタラに僕は答える。

「大丈夫さ。僕が保証するよ」

もし平民も加護を持つことが可能だったとして、それが他の貴族の耳に入ったらどうなるのか何度も考えた。

しかし、長い間他国との戦争も内戦もなく、大討伐のあとろくな戦闘経験がない王国の貴族たちが、目立った行動をすぐに起こすことはないだろう。

それには僕の願望が多分に込められているのかもしれないけれど、大貴族家で数多くの貴族たちを見て育った僕からすれば、今の貴族たちが辺境の地で起こっていることに興味を持つとは思えないのだ。

平和ぼけの彼らは現状に満足しきっていて、それが変わるなどとは露ほども思っていない。

そして、それは王都にいた頃の僕も同じだった。

「あの頃の僕はやっぱり今考えるとかなりおかしかったんじゃなかろうか」

王都から離れ、この地にやってきてからの僕は明らかにあの頃と違う。

王都では時々頭にもやがかかったような感覚を覚えた日もあった。一体あれはなんだったのか。

「シアン様？」

「ん？　ごめん。ちょっと考え事をね」

「もしかしてお疲れなのではないですか？」

「そんなことはないさ。僕なんてバタラやヘレンたちに比べたら全然……って、言ってたらヘレンが来たみたいだ」

　ちょうどヘレンが開けっぱなしの扉の先、廊下から書類を片手にこちらにやってくるのが目に入る。彼女は今回の成人の儀や獣人族の結婚式の記録を詳細に残すのだとエンティア先生と息巻いていた。

「シアン様、バタラさん。お待たせいたしましたわ」

　額に汗をにじませながらヘレンはそう告げると、机の上に書類を広げる。

　表題を見ると、どうやら獣人たちの婚姻届と関連書類、そしてもう一つは『成人の儀に関する誓約書』と書かれたものだった。

「これは？」

「明日の結婚式で使う婚姻届と、バタラさんに書いてもらうための誓約書ですわ」

「婚姻届ってトーポさんたちに書いてもらうんでしょ？」

「ええ。結婚式のあとに書いてもらうものですけど、先に領主であるシアン様のサインをいただいておこうと思いまして」

　トーポたち獣人夫婦は、結婚したあともこの町に住みたいとのことで、正式にこの領地の住民になるための届け出が必要だ。

だが結婚準備で忙しく、結婚式後にその手の書類一式は作ることになっていた。

「なるほどね。これがそうか」

「なんせ今まで前例のないことばかりなので、苦労しますわ」

「何もかも任せてしまってごめん」

書類仕事に関して、一応僕にも基本的な知識はあったが、本格的な業務の経験はまだなかった。

一方ヘレンはしばらく会わない間、辺境の地で貴族家に嫁ぐ者として領主の補佐をするための知識を学んでいたらしい。

なんと実地での勉強もしたらしく、辺境の地を仮の領地として実務経験を積んできたという。

ヘレンは最初、書類仕事を一手に引き受けていたバトレルの手伝いとして入った。だが、あっという間にバトレルも舌を巻くほどの能力を発揮しだしたのだ。

その時、こんなやり取りをしていたのを思い出す。

「昔から読書が好きでしたけど、私、もしかしたらたくさんの文字を読むのが好きだったのかもしれませんわね」

「本と書類は別物だと思うけど。僕もたくさん本は読んできたけど、書類はできれば見たくないくらいだよ？」

「あら？　書類もじっくり読むと面白いですわよ？　今度一緒に読みましょう」

「い、いや。遠慮しとくよ」

記憶を頭から振り払って、僕はヘレンに尋ねる。

「それでこっちの誓約書ってのは？」

「それは成人の儀で授かった力を悪用しないという誓約書ですわ」

「私、そんなことしません！」

バタラはヘレンの言葉を聞いて、自分がそんな風に思われていたのかと心外そうに言った。

だが、当のヘレンは少しも動じず「バタラさん落ち着いてくださいな」と説明を始める。

「これはバタラさんがどうこうすると思って作ったものではありませんの」

「じゃあどうして」

「シアン様。バタラさんの成人の儀が成功したら、今後成人する領民全員の成人の儀を行うつもりでしょう？」

「それは……たぶんそうなると思う」

「私たちはバタラさんに関しては一切心配していませんわ。ですが、他の人はどうでしょう」

「この町にそんな悪いことに力を使うような人はいないと思います」

「そうですわね。今この町にいる人たちは大丈夫かもしれません。ですがこの先、どんどん領地が大きくなって、色々な人たちが移住してきたらどうでしょう？　その全員が過《あやま》ちを犯さないと言い切れますか？」

「……」

「ですので、このような誓約書を作ったのですわ」

どうせそういった制度を作るなら、最初からやっておいた方がいいというのが彼女の意見だ。

「必要になってから慌てて作って、『昔はなかったのに』と文句を言われて揉めるのも面倒ですわ」

確かに今まで必要なかった誓約書を突然自分たちの代になって書けと言われれば、不満に思う者が出てくるかもしれない。

だったら最初から作っておけば、そんな文句を言う者も、考える者もいないというわけだ。

しかもそれを僕の身内になるバタラが行ったのだとすれば、誰が口を出せるだろうか。

「ヘレンはよく考えてるな」

「惚れ直しまして？」

「学園での君のことを少し思い出したよ。あの頃もテキパキと周りに指示を出していたなってね」

「懐かしいですわね。でもあの頃はあまりシアン様とはお話ししてませんわよね？」

「学年が違っていたからね。僕は一方的に『先輩』を見てただけさ」

「あら？　その頃からシアン様は私のことを気にしてくださっていたのですか」

「みんなの憧れの『先輩』だったからね、それに……」

そこまで言いかけて、隣でバタラが微妙な表情を浮かべていることに気がついた僕は、慌てて口を閉じた。

貴族が通う学園の話は、まったく関係ないバタラにはつまらないものだろう。

ヘレンもそれに気がついたのか、両手のひらをパチンと叩いて「さて、昔話はこれくらいにして」と書類に手を伸ばすと、それを僕とバタラの前に並べ始める。

二人分の筆記用具も準備してあるのはさすがの気遣いだ。

「シアンさまはこちらでこの四枚の書類にサインを。バタラさんはこちらの誓約書をよく読んでからこの署名欄にサインをお願いしますわ」

「わかった」

「はい」

そして僕らは明日への最後の準備を終えるため、ペンを取ったのであった。

◇　◇　◇

翌日。僕は臣下一同と共に集会場を改築して作られた結婚式場へやってきていた。

「これは素晴らしいね」

トーポたちの結婚式のために設けられた広い館内を見回し、僕は感嘆の声を上げた。いつものようにルゴスは見事な仕事をしてくれた。

「大工のみんなの腕も随分上がってるからな。もう俺が一から十まで指示しなくてもよくなって、かなり楽させてもらったぜ」

大工たちを讃《たた》えるルゴスだったが、今回はそれだけではない。

今回はデゼルトの町に移住してきた、彼の父であるビアードさんの協力があったことも大きいだろう。

なんせ物作りに関しては右に出る者がいないと言われているドワーフ族の中でも、ビアードさんの腕前はかなりのものだと聞いていた。

「親父か？　親父は、細かい仕事は俺には及ばねぇけどよ。土魔法が使えるから足場作ったりとかしてくれて。まぁ、助かったよ」

相変わらず素直に自分の父親を褒めることができないルゴスに苦笑しつつ、館内に視線を戻す。

僕の背丈の倍はありそうな正面の扉を開けて中に入ると、そこからまっすぐ対面まで美しい刺《し》繍《しゅう》がされた赤い絨毯が敷かれている。これはニーナを中心に町の女性陣が協力して作ってくれたもので、材料は前回タージェルに頼んで持ってきてもらっていた。

「ニーナさんにこんな特技があったとはね」

「お婆ちゃん、お爺ちゃんの葬式以来の大仕事だって張り切ってましたから」

若い頃から手先が器用だったニーナはその昔、この町の住人や観光客向けに様々な敷物を編んでいたらしい。あの豪快で大酒飲みな姿からは想像できないほど繊細で華麗《かれい》な敷物を、バタラが贈り物として領主館に持ってきた時は、かなり騒ぎになったものである。

特にバトレルは芸術品には一家言あるため、バタラから差し出されたそれを長時間、モノクルの奥の目を光らせながら調べていたものだ。

「バトレル、ニーナさんの敷物を『国宝級ですぞ！』って騒いでいたっけ」

「玄関の敷物にちょうどいいだろうとお婆ちゃんから渡されたものだったので、私も驚きました」

「その話を聞いた時のバトレルの顔は今でも忘れられないよ」

小さな声で隣のバタラとそんな話をしていると、後方から当のバトレルがわざとらしく咳払いをするのが聞こえた。

「あのステンドグラスはルゴスが？」

僕は次に天井を見上げてそう尋ねる。結婚式場の屋根には外からの光を存分に取り込めるように、ところどころに美しい柄のステンドグラスがはめられていた。

「いや。あれはドワーフ共が作って持ってきた」

「ドワーフが？」

ルゴスが言うには、この結婚式場の改修のために設計をしていた時に、ちょうどビアードさんの引っ越し作業を終えたドワーフたちが、大渓谷に帰る挨拶にやってきたらしい。

それで、彼が書いていた設計図を見て色々と意見交換を行ったとか。

「その時によ。俺が普通の磨《す》りガラスを入れるって言ったら、あいつらが『結婚式とか儀式に使う場所でそれは味気なさすぎるだろ』と言いだしてな」

かといって、この地にある材料ではそんなに凝ったものは作れない。

材料をタージェルに頼むのにも時間がかかるとルゴスが答えると、彼らは『俺たちに任せておけ』とだけ言い残して大渓谷へ帰っていったそうな。

「とりあえず何をするつもりかわからなかったんでよ。一応磨りガラスを用意しておいたら……」

数日前に突然ドワーフたちが、あのステンドグラスを持ってやってきたらしい。

土魔法で足場を簡単に作れる彼らは、すぐに磨りガラスを取り外し、あっという間に綺麗なステンドグラスに取り替えていったという。

「あいつら、今頃はベルジュちゃんの宿屋にでもいるんじゃねぇか？　あいつらベルジュちゃんに弱いからな」

「僕のところにはそんな報告は入ってきてなかったから知らなかったよ。というかメディア先生、知ってたよね？」

僕は後ろで同じように周りを見回しているメディア先生の方を向いて尋ねた。

この町に大渓谷の方から入ろうとすれば、メディア先生の配下である魔植物が気がつかないはずはない。彼女はドワーフたちが戻ってきていることを知っていたはずだ。

「すっかり忘れてたさね。それよりも外した磨りガラスが余ってるならそれを使って温室とか作れないかい？」

あっさりそう答え、すぐにルゴスの方へ近寄っていくと、そんな話をし始めたのである。

家臣の中でメディア先生だけは僕にも制御不能だが、彼女のおかげで色々助かっていることも確かだ。

「はぁ……まったくしょうがないな」

「仕方ありませんな。これからは領民から数人雇って、町の門番と、報告係をしてもらいましょう」

僕がため息を吐いていると、バトレルが近寄ってきてそう告げた。

今までこの町に外部から人がやってくることはほとんどなく、町の周りにいる獣たちも人に危害を加えることがなかったため、警備に関してはかなり緩かった。

だが、これからはそういうわけにもいかなくなるだろう。

今はまだドワーフ族やエルフ族以外だとタージェルくらいしか出入りしていないが、そろそろタージェル商会の商品の出どころについて調べるところも出てくるだろう。

「頼めるかい？」

「もちろんです。既に何人か候補は決めておりますので、あとは本人の了承が得られ次第、ロハゴスに簡易的な訓練を頼むことになっております」

「さすがバトレルは用意がいいな」

「それに関してなのですが……」

バトレルは町の警備について僕にいくつかの報告と頼みごとを言い残すと「それでは坊ちゃま。

私は先に控え室で準備を始めさせていただきます」と言い残し、結婚式場の奥の扉へ去っていく。

そして入れ替わりに別の人物が顔を出した。

「やぁシアンくん」

「ウェイデンさん。お疲れさまでした」

バトレルと入れ替わるように奥の扉からウェイデンがやってきた。

彼と彼の妻であるモーティナ師匠は、ここ数日最後の準備で忙しく町中を走り回っていた。

「まだ本番はこれからだよ」

「そうでしたね。でも物事の結果は、始まる前には既に決まっているものです」

「若いのに年寄りみたいなこと言うね」

ウェイデンは爽やかに笑うと、僕のそばまで歩いてきた。

今日の彼はいつものラフな格好ではなく、貴族らしい正装をしている。

彼の貴族服姿を見るのは初めてだったので、少し見とれてしまう。

「久々に着たけどどうかな？」

「凄く似合ってると思いますよ」

「ウェイデンさんって本当に貴族様だったのですね」

僕のあとに続いたバタラの返答に、彼は苦笑いを浮かべて言う。

「一応ハーベスト家にまだ籍は残ってるけど、僕はもう自分を貴族だとは思ってないんだ」

「そうなんですか？」

「ああ。だから今日も本当は普通の服装で出席するつもりだったんだけどね」

彼は後ろを振り返り、いつの間にかやってきていたモーティナ師匠を手招きした。

「妻が、今日は絶対にこの服じゃなきゃダメだって言って押しつけられたから仕方なく……ね」

「あたしだって旦那の格好いい姿が見たくなる時もあるのさ」

師匠は照れもせずそう言いながら歩いてくる。

そんな彼女も、今日は僕が今まで見たこともないような美しいドレス姿だった。

師匠はエルフ族らしく元々整った美しい容姿をしているのだが、いかんせん日頃の冒険者然《ぜん》とした格好と言動のせいで、そういった部分が完全に霞《かす》んでしまっていた。

だが今日の彼女は、いつものガサツな雰囲気が薄まっているせいもあって、まるで貴婦人のようだ。

「師匠も気合い入ってますね」

「そりゃね。こういう時しかこんな格好はできないんだから、やらない手はないだろ？」

「モーティナさん。本当に綺麗です……ああ、私、モーティナさんの前だと絶対に霞んじゃいます……」

キラキラした目で師匠のドレス姿を見ていたバタラは、自分が同じ場所に立つことを思い出したのか急に落ち込んだような声色に変わる。

「そんなことはないさ」

「そう……でしょうか?」

僕はバタラの褐色の肌と白い儀式服が生み出す美しいコントラストを思い出しながら口にした。

しかし彼女の不安は取り除けなかったようである。

そんな僕らを見て何かを察したのか、師匠がドレスに似合わない大股で近寄ってくると——

バシン!

突然僕の頭を平手で叩いた。

「痛っ。何するんですか師匠!」

「あんた、相変わらず女の子の扱いがなってないね」

そう言って僕の首に手を回すと、師匠は強引に引き寄せ、耳元に唇を寄せ囁くように続けた。

「こういう時は周りがドン引くくらい褒めてやるんだよ」

「で、でも僕はそういうのは……」

「苦手なのはわかってるさ。だけどね、ここでバタラちゃんの気持ちを盛り上げるのはあんた以外の誰にもできないんだよ」

師匠は最後に「頑張れ」と言い残すと僕の首から手を離し、ウェイデンの横へ戻っていった。

僕は師匠に掴まれた首を撫でながら、隣のバタラに視線を向ける。

そしてしばし考えを巡らせたあと、おもむろに口を開いた。

「バタラ。僕は嘘はつかない」

「はい」

「師匠は確かに綺麗だ。あ、師匠が綺麗なのは今日だけなんだけど」

前方から「なんだと！」と声が聞こえてきたがとりあえず無視だ。

そもそも師匠がやれと言ったのだから怒られる筋合いはない。

「だけど僕はバタラの方が……その……可愛いと思うんだ」

「えっ」

僕の言葉にバタラは顔を上げ、頬がゆっくりと紅潮していく。

「儀式服を着たバタラは誰よりも綺麗だよ」

「そんな。私なんか」

「私なんかとか言っちゃダメだよ」

「でも」

僕は俯きそうになったバタラの手を握ると、彼女の目を見ながら言った。

「この僕が君を選んだんだ。君が自分のことを卑下《ひげ》するということは僕を卑下することと同じなんだよ」

「そんなつもりは……」

「だから自信を持って儀式に挑んでくれ。今日、この会場では君が一番素敵だと僕が保証するよ」

「シアン様……あ、ありがとうございます」

そう答えたバタラの顔からは先ほどまでの不安そうな表情は消え失せ、代わりに笑みが浮かんでいた。

僕はそんな彼女の手を更に強く握ろうとして――

その瞬間。

僕たちの後ろ、結婚式場の入り口の方から大きな咳払いが聞こえ、振り向いた家臣たちが、何かを見て一斉に左右に分かれた。

「はぁ。なかなか出てこないと思ったら……」

人が避けて作られた道の先では一人の少女――ヘレンが呆れたような顔でこちらを見ていた。

「あなたたち、どうしてまだ入り口で突っ立ってますの？」

ヘレンの言葉に応えたのは僕ではなかった。

「やぁヘレンちゃん。すまないね」

「ごめんねヘレン。ちょっとこの人の着替えに手間取っちゃってさ」

ウェイデンとモーティナ師匠が、僕たちの横を通り抜け、ヘレンの元へ歩みを進めながらそう言った。

「まったく。トーポさんたちはもう領主館で準備を終えてましてよ」

「それで君が迎えに来てくれたってわけかい？」

「ええ。シアン様にはウェイデン様にそう伝えておいてほしい、と伝言を頼んだはずなのですけど？」

そういえば屋敷を出る時にヘレンに『あとで馬車を迎えに寄越す』と伝言を頼まれていたんだった。

まさかヘレン自身が迎えに来るとは予想外だった。

領主館からここまで歩いてくる間にすっかり忘れていたのだ。

「ヘレン……その……」

僕がウェイデンの背中から顔を出して謝ろうと口を開きかけたが……

「わかっていますわ。シアン様のことですから今日の儀式のことで頭がいっぱいだったのでしょう？　大変な役目のあるシアン様ではなく他の方に頼んでおくべきでした。私のミスですわ」

ヘレンはそれだけ言い残すと「さぁ急ぎましょう」と、僕の腕を掴み、強引に引っ張って歩きだす。

倒れそうになる僕の体を、ウェイデンがさりげなく支えてくれたおかげで転ばずに済んだが、ヘレンの慌てようからすると随分と僕たちは予定を狂わせてしまったようだ。

馬車に乗り込むと、さっそくヘレンが御者のデルポーンに「出してくださいまし」と告げる。

ゆっくりと動きだす馬車の中、対面の席ではウェイデンと師匠が何やら楽しそうに話をしている。

どうやらお互いの正装をまだ誉め合っているようで……少し胸焼けがする。

僕は二人から目をそらすと、隣に座ったヘレンに自分の不手際を謝ることにした。

「ごめんヘレン」

「かまいませんわ。領主たる者、この地の新たな門出にしっかりと心の準備は必要ですものね。それを察せなかった私の落ち度ですわ」

「いや、そこまでのことじゃ……」

僕は単に、今日のために飾りつけられた集会場を見たかっただけであって。

それはただの好奇心に過ぎない。

確かに儀式を行うための下見も兼ねていたけれど、改装中にも何度か足は運んでいたし、儀式のリハーサルも行った。

だから自分の中での心構えというか、準備は既に終わっている。

「とにかく今は今日の式典を無事やり切ることだけを考えてくださいまし」

「ああ、わかった。そのためにみんなが一生懸命準備してくれたんだからね。その期待を裏切るつもりはないよ」

僕は領主館へ向かう馬車の窓から外に目を向ける。

そこにはかなりの水量まで回復したオアシスの泉があった。

大渓谷の主であるセーニャのおかげで地下水脈が復活し、最近は僕が水を注ぎ込まなくても徐々に水量が増えてきていた。

「美しい泉ですわね」

「昔はもっと美しかったらしいんだ。いつかきっと僕はその景色を復活させてみせる」

オアシスの泉が枯れる前は畔に緑が溢れ、木々もそれを囲むように青々と茂っていたらしい。

今は枯れた残骸が残るだけだけれど、一部では少ない水で新しい命を芽吹かせていた。

バタラと見つけたその命は、きっと近い将来にまたこのオアシスを彩《いろど》ってくれるだろうと信じている。

「シアン様なら必ずできますわ」

ヘレンはそう言うと、僕の手に自分の手を重ねて強く握ってくれた。

そして、その時初めて僕は自分の手が微かに震えていたことに気がついたのである。

「ははっ。珍しく僕も緊張しているみたいだ」

すっかり覚悟を決めたと思っていたのに、どうやら今日の儀式で変わるであろうこの領地と国の未来に、まだ不安を覚えていたらしい。

「でも、前に進まなきゃいけない。それが女神様の願いなんだから」

女神様が僕やウェイデンに託したもの。

それは前に進むための、この国を変えるための力……そして願いだ。

「シアン様？」

「あ、ああ。ちょっと考え事をしてた」

僕はオアシスからヘレンに視線を移す。

彼女は師匠と共に自分の家を捨ててまで、この不毛の地にやってきてくれたのだ。

それは僕のことが好きだというだけではなく、きっと僕の将来を、進む道を信じてくれたからだろう。だったらその期待には応えなくてはいけない。

そして――

「町のみんなも、もう準備万端みたいだね」

ヘレンの向こう側。

オアシスとは逆の車窓から見える町並みは古びていて、今は空き家だらけだ。

けれど、そこからこちらに向かって歩いてくる人たちは、僕が初めてやってきた時とは比べものにならないほど笑顔に溢れていた。

集会場へ続く道には既に何人もの町民たちの姿が見え、僕たちの馬車に気がつくと大きく手を振ってくれた。僕はそんな彼らに向けて手を振り返しながら思うのだ。

彼らの期待を絶対に裏切ってはいけないと。

そして、いつしかこの地を笑顔と緑が溢れる地にすると、決意を新たにするのだった。

◇　◇　◇

領主館に戻った僕は、ヘレンに急かされ慌てて結婚式のパレード用の正装へ着替えた。

といっても既にラファムが準備してくれていたので、彼女お得意の早着替えで一瞬だったのだけれど。

「ありがとうラファム」

「さぁシアン様、皆さんが待ってますわよ。お急ぎくださいませ」

ラファムにお礼を言う僕の手を、ヘレンが掴んで引っ張る。

ヘレンと共にそのまま部屋を出ると、早足に正面玄関へ向かった。

ぐいぐいと引っ張るヘレンに苦笑しつつ、話しかける。

「ヘレンは足が速いね」

「私、鍛えておりますので」

「えっ」

「貴族の花嫁修業というものをシアン様はあまりご存じないようですけれど、毎日朝から昼までの時間はとにかく体力をつける特訓を行いますのよ」

それは初耳だ。

僕が驚いているのを察したのだろうか、ヘレンは微かに笑う。

「これは淑女《しゅくじょ》の秘密でしたわね」

「僕はてっきり作法だけを学ぶのが貴族令嬢の花嫁修業だと思ってたよ」

「私もそう思ってましたわ」

正面玄関で待っているみんなのところに行くまでの間、ヘレンは話してくれた。

貴族家の夫人は、数多くの社交の場に出なければならないということ。

その時には位《くらい》に合わせた衣装で着飾る必要があり、僕の実家であるバードライ家のような大貴族ともなると、その衣装はかなりの『重さ』になるらしい。

そういったドレスを着ていると、普通に歩くだけでも重労働なのだとか。

「確かに昔僕が行ったことのある舞踏会でも、他家の奥様たちはとても立派な装いをしてたね」

「でしょう。あの服はとてつもなく重いのです」

僕の記憶にある限り、奥様方はその服装で軽やかに振る舞っていたはずだ。

あのきらびやかな立ち振る舞いの裏に、毎日のたゆまぬ努力が隠されていたとは。

「もしかしたらヘレンの方が僕より体力があったりして」

「かもしれませんわね。でもそのおかげでこのデゼルトの町までの旅もこなせましたし、今はあの鬼のような特訓に感謝していましてよ」

鬼のようなとは、一体どんな特訓だったのだろうか。

一瞬ヘレンが死んだ魚のような目をしたのを、僕は見逃さなかった。

……できれば見逃したかった。なんだか夢に出そうだ。

「こ、この話はまた今度にしてさ。ヘレンは知ってる？」

「何をですか？」

「モグラ獣人の結婚式ってどんなものかをだよ」

その答えに、一瞬ヘレンはきょとんとした表情をする。

「モーティナ様からお聞きになっていませんの？」

「師匠もウェイデンさんも当日のお楽しみだって言って教えてくれなかったんだ」

結婚式の準備は、師匠とウェイデンが中心になってやっていた。

途中で僕の力が必要な時だけ呼び出されたけれど、基本的に何をやっているのかは教えてもらえなかった。

「それなら私からも言えませんわ……といっても私も詳しい話は聞いておりませんけれど」

「隠すほどのことでもないと思うんだけどな」

そんな話をしながら僕たちは領主館の玄関前ロータリーにたどり着く。

ロータリーには二台の馬車が駐まっていて、片方の大きめの馬車はかなり派手な装飾がされている。あの繊細な意匠は、ルゴスの作品に違いない。

そして馬車の中には今日の主役である二人のモグラ族、トーポとクロートが既に座っているのが見える。

二人はそれぞれ真っ白な衣装を身にまとい、何やら談笑しているようで僕たちに気がついていない。

「遅かったねシアン」

「すみません師匠」

僕を見つけた師匠がもう一つの馬車から降りて声をかけてきた。

「そんなに急かさなくても大丈夫だよモーティナ」

「ウェイデンさん」

師匠の後ろからウェイデンが笑顔で歩いてきた。

今日の結婚式は仲人役も彼らが行うことになっていて、僕はその見届け人として少し出番がある程度だ。

「といっても町のみんなも既に随分と集まってるようだし、待たせちゃ悪いな。行けるかい？」

「はい、もちろん」

「それじゃあシアン君とヘレンちゃんはトーポたちの馬車に同乗して、式場まで車窓から町のみんなに手でも振ってやってくれ」

「僕たちがですか？　ウェイデンさんたちがこっちの馬車に乗るのではなく？」

「そりゃそうだろう。君たち領主夫妻が新住民の門出を祝っていることをこの機会にきっちりとアピールして欲しいんだ」

確かにそうかもしれない。今のところウェイデンが連れてきた移民の人たちと、元の住民たちは仲良く暮らしている。けれど移民と元の住民との間に、これから先いざこざが起こらないとは言い切れない。その時に間に立つのは僕の役目だ。

今この機会に、僕が移民の人たちをこの町の住民としてきちんと認めていると示すことは大事だろう。

「わかりました。そのことはトーポさんたちには？」

「心配しなくても伝えてあるよ」

ウェイデンは窓からこちらを見ているトーポたちに軽く手を振ったあと「それじゃあ、式場で」と言い残し、師匠を連れてもう一つの馬車へ向かっていく。

「そんな、領主夫妻だなんて。私たちまだ結婚してませんのに」

僕はその後ろ姿を見送りながら、隣で顔を赤らめくねくねと独り言を呟き続けているヘレンを、どうやって正気に戻そうかということを考えていたのだった。

◇　◇　◇

「待たせてすまなかったね」

「とんでもないモグ。領主様がおいらたちの馬車に一緒に乗ってくれるなんて思いもしなかったモグよ」

「んだんだ。こんな立派なもんまで用意してもらって、なんの文句があるモグか」

「一生の思い出になるモグ」

「領主様にはなんとお礼を言ったらいいのかわからないモグ」

馬車の中に入り遅れたことを謝罪した僕に、二人のモグラ獣人は幸せそうな顔で言った。

住民たちへのパフォーマンスの意味もあるけれど、喜んでもらったようで僕もほっと胸を撫で下ろす。

「さぁシアン様、早くお座りになってくださいまし」

「ああ、そうだね。これ以上町の人たちを待たせるわけにもいかない」

あとから入ってきたヘレンに急かされ、僕はトーポたちの対面に座った。

窓から外を見ると、隣の馬車からウェイデンが小さく手を振っていた。

「それでは行ってきます」

僕はウェイデンに小さく手を振り返したあと、反対側の入り口に目を向ける。

馬車の外には結婚式の間、屋敷の留守を任せたラファムとメディア先生の姿があった。

「二人とも、あとは任せたよ」

「はい、お任せくださいシアン様」

「留守番って言っても何があるわけじゃないさね。それよりも坊ちゃんの方こそしっかり役目を果たしてくるんさよ」

小さく頭を下げるラファムと、いつもと変わらないメディア先生の態度に苦笑しつつ、僕は「大丈夫だよ」と返事した。

「坊ちゃん。そろそろウェイデン様の馬車が出るっす」

御者台からデルポーンが声をかけてきた。

「扉を閉めますね」

「お願いしますわ」

ラファムがヘレンにそう告げて、乗馬用の足場を馬車の下へ収納する。

そしてゆっくりと扉を閉めると、数歩下がってもう一度軽く頭を下げた。

「前の馬車についてゆっくり走りますんで、坂を下りたら沿道の人たちに手を振ってあげてほしいっす」

「わかってるよ。打ち合わせ済みさ」

「そうっすか。それじゃあ出発するっす」

この地にやってきて半年。

最初は水しか出ない神具で何をすればいいのかわからなかった。

けれどオアシスを水で満たし、バタラをはじめとした領民たちに感謝され必要とされた。

魔肥料のおかげで不毛の大地を緑溢れる土地にする目処も立った。

シーヴァやドワーフ、そしてエルフやセーニャとも友好を結ぶことができた。

この地の生命線であった行商人のタージェルも、近いうちに隣町で本格的に店を開くと聞く。

いずれ王都へ進出することも夢ではなくなったと、伝書バードで届いた手紙には書かれていた。

「ほらシアン様。領民の皆さんが手を振ってくださってますわよ」

「あ、ああ。ちょっと考え事をしてた」

僕は慌てて車窓から腕を出し、こちらに手を振る人々に向けて手を振り返す。

人々の顔は血色がよく、みんな笑顔だった。

「ふふっ、シアン様はとっても民に慕われてますわね」

「そうかな？」

「ええ。私、王都だけでなく花嫁修業先でも、貴族や王族のパレードを何度か見たことがございますけれど、あれほど民が親しみを込めて手を振る姿は見たことございませんもの」

「別に僕が一人で何かを成したわけじゃないんだけどな」

僕はこの地にやってきてからのことを頭に思い浮かべる。

魔力切れで死にかけたり、シーヴァからの試練や大渓谷への旅、そしてエルフの里での騒動など大変なことがたくさんあった。

自分一人ではどうしようもできなかったことも、色々な人たちの力を借りて乗り越えることができたのだ。

領地を守り豊かにしていくことは領主一人の力でできることではない。

王都にいた頃の僕は師匠から散々そのことを教えられていたはずなのに、この地に来るまでは自らの非力さに嘆いてばかりいた。

水しか出ない神具で何ができるのだとぼやいていた。

「この地に着いた時、ボロボロの領主館や疲れ果てた領民たちを見て僕に何ができるんだろうって思ったんだ」

「そうなのですか？」

「ああ。でも僕が唯一持っていた【コップ】の力で初めて人を笑顔にすることができた。それで気がついたんだ」

この領地に初めてやってきた日、バタラが声をかけてくれてわかったのだ。王都ではなんの役にも立たないと言われた僕の力でも必要としてくれる人たちがいるということに。

そのことが嬉しくて調子に乗って死にかけたりもしたけれど、僕はあの日間違いなく変わったのだと思う。

「バタラさんに感謝しないといけませんわね」

「……そうだね。その恩を少しずつ返すつもりさ」

「成人の儀、成功するように願ってますわ」

そう微笑むヘレンに「絶対に成功させてみせるよ」と返し、僕は沿道の人たちに向けて手を振り続けるのだった。

トーポたちモグラ族の結婚式は、僕が思っていたより『普通』だった。

そもそも獣人族どころか人族以外の結婚式というものを僕は知らない。

そのため、もしかしたら人族の様式にトーポたちが合わせてくれたのかもしれないと思ったりもした。

服装以外では雌雄の区別がつかない二人のモグラ族は、僕の前でこの日のために用意した新しい女神像に夫婦の誓いをしていた。

獣人族の国では僕たち王国民が崇める女神様とは別の神がいるはずである。

しかし彼らはデゼルトの町に移り住み、この地で暮らすことに決めた。

だから獣人族の神でなく、この地の神である女神様に夫婦の誓いをすることにしたのだろう。

女神様への誓いの儀式が終わり、一段高いところで抱擁を交わし合った二人のモグラ族は、仲人《なこうど》を務めたウェイデンと師匠に先導されて集会場の中央に作られたウェディングロードを歩いていく。

◇　◇　◇

向かう先は集会場の外だ。

結婚式場となった集会場の中は、それなりの広さはあるがデゼルトの住民全てを収容するほど広くはない。

特に今日は結婚式と、このあとに行われるバタラの成人の儀のために、集会場の中に様々な道具が設置されているせいもあって、通常より狭くなっている。

そういうわけで結婚式にはウェイデンと師匠が選抜した人々のみが出席し、残りの人々は集会場の外で集まる形となった。

大きく開かれた扉の向こうでは、この町の住民たちが新郎新婦が現れるのを待っているのである。

「さぁ、私たちも参りましょう」

ヘレンが僕の手を取ってそう口にした。

この町の新たな門出となる儀式に、領主である僕が傍観者でいられるわけもない。

「ああ。それじゃあバタラ、またあとで」

「準備をして待っています」

結婚式のあとに行われる成人の儀のため、主役であるバタラはこれから準備に入らなければならない。

「ラファム、エンティア先生、それにルゴス、あとは頼んだよ」

「はい」

「お任せください」

「おう。任せてくだせぇ坊ちゃん」

信頼する臣下たちは、そう返事するとすぐに準備を始めるため動きだす。

それを見送ってから、僕はヘレンと共に急いで師匠たちのあとを追った。

先を進む四人はまさに今、集会場の扉の向こうに一歩足を踏み出すところで、大きな歓声が扉の向こうから中まで聞こえてきていた。

「皆さん。本日は二人の新たな門出のために集まっていただきありがとうございます」

燦々《さんさん》と輝く日の光の中に進み出た四人の中から、ウェイデンが一歩前に出る。

そして新郎新婦の登場を今か今かと待ちわびていた参列者たちに向け、よく通る声でそう告げ頭を下げた。

集まった人々が、次々と祝福の言葉を投げかける。

まだウェイデンたちがやってきて、町の人たちと過ごした時間は僅かでしかない。

けれど、集まった人々の祝福の声は嘘偽りのない心からのものに聞こえた。

ウェイデンや師匠が、町の人たちと移民の人たちの間を取り持つために誠心誠意努力した結果だ。

そして何よりウェイデンが導いてきた人々の素晴らしさがそれを後押ししたのだろう。

「導く者《ザ・コンダクター》の力で集まった人たちだものな」

ウェイデンが導く者《ザ・コンダクター》の力で導いてきた人たち。

彼らは移り住んで間もない。

それなのにまるで何年もこの町で過ごしてきたかのようにすぐに馴染んでしまったのだ。

王都にいる頃、僕は将来国を治める立場になるために様々なことを学んだ。

その中には国外からやってくる移民志望の人々が起こす、数多くの問題とその解決法というもの

も含まれていた。

解決法といっても即効性があるものはなくて、結局は長い月日をかけて徐々に移民と先住民との壁を取り除いていくしか方法はない。

しかしウェイデンと共にやってきた人々は、既に歓声を上げる元の住人たちに交ざって分け隔てなくそこにいる。

たぶん彼の導く者《ザ・コンダクター》は、この町に住むべくして住む人々を選んで導く力を持っているのだろう。

「それだけではないと思いますわ」

僕が四人の背中を見ながらヘレンに自らの考えを告げると、彼女は優しく微笑んで僕の手を握る力を強める。

「ウェイデン様がやってくる前から既にこの町にはビアード様やヒューレ様のような他種族の方がいらっしゃったでしょう?」

「そういえば先に移住してきたのは彼らだったね。といってもヒューレは別にこの町に住み続けるとはいってないけど」

だが、確かにそうだ。

この町には既に王国民どころか人族でない移民が幾人も暮らしていたのだ。

そしてビアードさんはドワーフ族の技術と知恵を発揮し、ヒューレも氷キューブの発明者として人気者になっている。

特に町の酒飲みたちにとって氷キューブでキンキンに冷えたエールは人生を変えるほどの美味しさだったらしく、一部では氷の女神様と呼ばれているらしい。

そしてあの得体の知れない魔植物ですら、この町の人たちは奇妙なものだと思いながらも受け入れてくれている。

「つまり元々この町の人たちは、外から来る人たちに対する忌避感《きひかん》がなかったと言いたいのかい？」

「この町は昔、国の大渓谷開発計画でやってきた移民たちのおかげで大きくなったと聞きます。その記憶が残っている……というのは否定できません。けれど……」

ヘレンはそこまで口にすると、僕の目を綺麗な瞳で見つめ返して言葉を続けた。

「本当にこの町の──領民の方々が笑顔で新しい夫婦の門出を祝えるようになったのは、シアン様……あなたの力だと私は思うのですわ」

◇　◇　◇

「ちょっといいかな？」

祝福の声が溢れる集会場前で、ウェイデンが手のひらを打ち鳴らし声を上げる。

人々の注目が自分に集まったことを確認して、彼は集まっている全員に向けてお願いを口にした。

「今から結婚式の最後の行事を始めようと思う。行事はオアシスでやる必要があるから集会場からオアシスまで彼らが通る道を空けてくれないかな」

「最後のって、もう結婚式でやることは終わったんじゃなかったんですか？」

自ら先頭に立って人々を整理しだしたウェイデンを見ながら、僕はモーティナ師匠にそう問いかける。

「言わなかったかい？」

「何をです？」

「ああ、そうか。ウェイデンがアンタには内緒にして驚かせたいって言ってたっけ」

師匠はそう言っていたずらっぽく笑った。

「結婚式の内容は本番まで秘密と聞いていたのに、ごく普通の結婚式でしたから拍子抜けしたのは確かです」

「まぁここまでは獣人族の結婚式というより、この町の基本的な結婚式に合わせたものだからね」

「そうだったんですか？　ということは」

その言葉に対し、師匠は楽しそうな表情を浮かべて頷く。

「ここからが獣人族……いや、彼らの種族の本来の結婚式さ。ちゃんと見届けてあげなよ」

師匠と話している間に、準備ができたのだろう。

ウェイデンが戻ってきて、モグラ族の二人と何やら話を始めた。

「これでいいかな？」

「問題ないモグ」

「感謝するモグ」

気がつくと僕らが立っているところから、水をたたえて日の光で輝く泉までの間、人が四人ほど通れる道ができていた。いわゆるバージンロードのようなものか。

おそらくこの道を新郎新婦は歩いていき、たどり着いた泉で儀式をするのだろう。

どんなことをするのか、師匠は何も教えてくれないが、たぶん泉の水を汲んで二人で分け合って飲むとかそういったものなのではと、ヘレンと二人で予想しながら始まるのを待った。

けれど、僕たちの予想はまったく的外れだったことをすぐに思い知る。

「行くモグよ、クロート！」

「行くモグ、トーポ！」

二人のモグラ獣人が突然結婚式とは思えない声をかけ合い、儀式が始まった。

驚いている人々の前で、彼らは即席のバージンロードを全速力で駆け出す。

モグラ獣人の体型はお世辞にも走ることに向いているようには見えない。

けれど予想に反して彼らの走る速度は僕の全速力よりも速く、あっという間に泉へたどり着いてしまった。

「あっ」

「ええっ」

「危ないっ」

見守っている人たちが騒然とする中、二人の新婚夫婦は走る勢いを一切弱めぬまま、オアシスの水際まで走っていく。

そして——ドボーン!!

そのままオアシスの水面に向けて手を繋ぎ、何の躊躇《ちゅうちょ》もなく飛び込んだのである。

「えええええっ!?」

「あの二人は何をしてますの!?」

助けに行くべきかと慌てて一歩踏み出そうとした僕とヘレンの肩を、ウェイデンと師匠がそれぞれ掴んで引き留めた。驚いて振り返ると二人の顔には一切の焦りも驚きもなく、モグラたちが消えた泉を静かに見つめている。

「大丈夫。これが彼ら流の『結婚式』なんだよ」

「でも、モグラって泳げるんですか？」

僕の勝手なイメージだと、モグラは土の中に潜ることはできても水泳が得意とは思えなかった。

「まぁ、モグラ獣人はあまり泳ぐことはないらしいけど一応泳げるらしいね。でも彼らは普通のモグラ獣人とは違うんだ」

「普通じゃないモグラ獣人……ですか？」

「ああ。実は彼らは少し希少な種族でね。彼らの正しい種族名は『水モグラ獣人』というんだ」

水モグラ。初めて聞く種族の名前だ。

「彼らは水辺で暮らしていてね。このデゼルトまでやってくる間、水の確保をしてくれていたんだよ」

ウェイデンが語るには、ほとんどの面積が荒野か砂漠で占められているエリモス領に踏み込む時、一番難しかったのが水の確保だったらしい。

ところどころに生えているサボから採れる水だけでは、移民の人たちの分は賄えても、牛や羊に与える分が間に合うわけがない。

かといって大量の水を積んだ馬車を曳《ひ》いてくるのは、ろくに整備もされてない道では難しい。どうしようかとエリモス領手前の町で足止めされていた彼らの前に現れたのがトーポとクロートの二人だった。

導く者《ザ・コンダクター》の力に導かれた彼らは、自らを水モグラ族と名乗った。

そして自分たちであれば荒野だろうと砂漠だろうと水の匂いを嗅ぎ分け、水源を見つけることができると同行を申し出てきた。

「導く者《ザ・コンダクター》の力で導かれた彼らを僕は疑ってなかった。けど他のみんなはすぐには信用できないと言ってね」

一度荒野へ進み出せば戻ることは困難だ。

老人や子供、それに大事な家畜たちの命もかかっているとなれば、その心配は当然だろう。

「だから僕はトーポたちに力を見せてくれと頼んだんだ」

ウェイデンの頼みに、彼らは「当然のことモグ」と答えると、代表となる数人と共に荒野へ踏み出していった。

予定としては夜まで荒野を進み、キャンプをする。

その途中、彼らの力で水を見つけて確保できるかどうかを試すという計画だった。

「それで、成功したんですよね？」

「もちろん。失敗していたら僕たちはまだあの町で足止めされてるか、王都方面に大回りして、まだここにたどり着いてないはずさ」

トーポたち水モグラ族の力はウェイデンにしても想像以上だったらしい。エリモス領に入って半日進むと完全に周りから緑はなくなる。更に進めば進むほど、かつて作られた道は砂に埋もれ役に立たなくなっていった。そんな状況でもウェイデンの導く者《ザ・コンダクター》が進むべき方向を教えてくれるおかげで迷うことはなかったそうだが。

「あのあたりは僕も心配になるくらい何もないところでね。水なんてとてもじゃないけど見つかるとは思えなかったんだけど」

「でも彼らは見つけたと」

「突然だったよ。トーポとクロートの二人がいきなり走りだしたかと思ったら、少し離れた場所の地面に鼻をこすりつけだしたんだ」

あとから聞いた話によると、水モグラ獣人は水の匂いを、その鼻で敏感に感じ取ることができるらしい。それがたとえ地下深くにある水だったとしても、地面から微かに蒸発する水の匂いがわかるという。

「それからも凄かったよ」

二人は水の匂いが一番強い場所を見つけ出し地面に穴を掘って潜っていく。

その穴の先には確かに地下水が溜まっていたという。

「その場で潤沢《じゅんたく》な水を確保できたおかげで、誰も彼らの力を疑うことがなくなったのさ」

ウェイデンがその話を終えるか終えないかのタイミングで、泉の水面を心配そうに見つめていた人々から歓声が上がった。

どうやら水の中から二人が顔を出したらしい。

「さて、それじゃあ僕とモーティナは彼らの元へ行くよ。君はそろそろ成人の儀の準備に戻るだろ？」

「そうですわシアン様。そろそろ戻って準備をしないといけませんわ」

「ああ、そうだね。それじゃあウェイデンさん、あとは頼みます」

僕はウェイデンと師匠に軽く頭を下げると、ヘレンの手を引いて集会場へ向かった。

◇　◇　◇

集会場の中。そこではこれから始まる成人の儀に向けて模様替えが行われていた。

「そっちの台はもうちょっと右に寄せてくれ。あとここに腕一本入るぐらいの隙間を空けてこれを立てるんだ」

ルゴスは大工たちに指示を出しながら集会場の中を走り回っていたが、僕たちが戻ってきたのを見つけ駆け寄ってきた。

「坊ちゃん、すまねぇ。ちょいと遅れそうなんだ」

「そっか。でも外の様子からすると予定より遅れた方が好都合だから、むしろよかったよ」

てっきり僕は、集会場の外では結婚した二人のお披露目だけが行われると思って予定を組んでいた。

けれど水モグラ獣人特有の儀式が始まり想像以上に盛り上がっていたので、成人の儀は遅れて開始した方がいいと考えていた。

「準備ができたら呼びに行くんで、坊ちゃんとヘレンお嬢ちゃんは控え室の方を見てやってくれねぇか？」

「ああ、今から行くつもりだったけど何かあったのかい？」

ルゴスの声音に少し違和感を抱き、僕はそう問い返す。

「取り越し苦労かもしれないがね。バタラの嬢ちゃん、結構テンパってるように見えたんで」

結婚式のあと、僕たちは外に向かい、バタラたちは成人の儀の準備のために中に残った。

その時、ルゴスは控え室に向かうバタラの表情が緊張で今まで見たこともないほど固まっていたのを確認したらしいのだ。

「無理もありませんわ」

「僕も成人の儀の前日は眠れなかったしね」

「そうなのですか？　私はてっきりシアン様は自信満々で熟睡できていると思っていましたのに」

「僕ってそんな人間に見えてたの？」

「あの頃のシアン様は今より野心に燃えてらっしゃいました」

ヘレンはそう言ったあと、優しい笑みを浮かべた。

「でも私は今のシアン様の方が好きですわよ」

「……僕も、あの頃のなんでも自分の力でやろうとしてた時より、今の方がいいと思っているよ」

「そういう風にシアン様を変えてくださったバタラさんに恩を返しに行きましょう」

「そうだね。でも彼女なら心配いらないと思うよ」

僕はバタラをとても強い女性だと思っている。

それにラファムとエンティア先生がついている以上、僕がどうにかするよりも、よほど適切にバタラの心のケアをしてくれているに違いない。

僕がそう言うと、ヘレンは僅かに眉間にしわを寄せ、呆れたように口を開いた。

「シアン様は乙女心がわかっていらっしゃいませんね」

「そうかな？」

「そうですわ。バタラさんに今必要なのは私でも先生方でもなくシアン様、あなたでしてよ」

ヘレンは僕の手を引っ張り、控え室へ向かう足を速める。

つんのめりながら僕も進む速度を合わせるが、危うく転倒するところだった。

「わかった。わかったよヘレン。だから手を放してくれよ」

「いいえ、シアン様は何もわかっていらっしゃいませんわ」

どうやら控え室に着くまで引っ張る手を放すつもりはないようだ。

「これじゃあまるで無理矢理散歩に連れて行かれる子犬みたいだ」

僕は小さくため息をつき、足を動かした。

控え室の中には、バタラとエンティア先生の他に、なぜかラファムではなくメディア先生がいた。

屋敷に衣装を忘れたことに気がついたラファムが裏口から出ていくのと入れ替わりにやってきたらしい。

だが、メディア先生とエンティア先生の二人は今、ヘレンによって床に正座をさせられていた。

「それでこの状況はどういうことなのか説明してくださいます？」

部屋の中央でヘレンが仁王立《におうだ》ちしながら正座する先生たちに問いかけた。

なぜなら今、この控え室の中は家具が倒れ、様々なものが床に転がり、まるで嵐が過ぎ去ったかのような惨状になっていたからである。

「私はただバタラさんの緊張を解きほぐそうとしてですね」

「私もさね」

控え室の前にたどり着いた時、何か争うような声が聞こえた。慌てて僕たちが中に入ると、そこには取っ組み合いの喧嘩をしているエンティア先生とメディア先生の姿があったというわけである。

どうしたらいいのかわからずにオロオロしていたバタラにとって、そこに現れた僕らは救世主に見えたらしい。

助けを求められた僕らは、とりあえずヘレンの【拘束螺旋】を使い二人を引き剥がして事情を聞き始めた。

「……なるほど。エンティア先生は催眠術をバタラにかけようとして、メディア先生に止められたと」

「私の理論によれば、催眠術でバタラさんを操ることで、極度の緊張状態は解けるはずだったのですが。メディア先生に妨害されまして」

「妨害って酷い言い草さね。あたしはただ単にアンタの催眠術は百害あって一利なしだから止めただけさよ」

詳しく話を聞くと、王都にいた頃メディア先生はエンティア先生の催眠術の実験台になったことがあったらしい。

そしてその時に散々ひどい目に遭い、メディア先生はエンティア先生に催眠術を使うことを金輪《こんりん》際《ざい》禁止させたという。

「確かに悪かったと思ってますが、あれから私も勉強を積み重ねましたので、今度は大丈夫だと言ったのです」

「そんなこと信じられるわけないさね！」

二人は詳しく話したがらなかったので、結局どんなことが当時起こったのかは聞けなかった。

「それで二人は喧嘩していたわけか」

「それだけじゃないさね」

「それだけではありません」

二人は声を揃えて僕の言葉を否定した。

メディア先生が部屋の隅を指さす。

その先に目を向けると、きれいに作り変えられたばかりの壁に紫色の大きなシミが広がっていた。

「せっかくルゴスたちが新しくしてくれたのに」

「一体これはなんですの？」

ヘレンと二人、壁に近寄ってそのシミをじっくりと観察してみる。

表面はまだ濡れていて、その液体がついたのはそれほど前のことではないことがわかった。

「それはメディア先生がバタラさんに飲ませようとした怪しい薬です」

「怪しくなんてないさね。あれは魔植物の葉っぱから抽出した精神安定薬さよ」

エンティア先生の催眠術をメディア先生が止めたあと、今度はメディア先生が秘蔵の薬を取り出してバタラに飲ませようとしたのだとか。

そして先ほどとは逆にエンティア先生がそれを止めようとして、蓋の開いた瓶の中身が壁にぶちまけられたという。その結果が先ほどの喧嘩だった。

「はぁ……二人とも何やってるんだ」

「それでバタラさんを困らせていては意味がありませんわね」

二人がバタラのために自分のできることをやろうとしてくれたことはわかる。

だから彼女たちを責めるようなことはあまりできない。

それに、バタラのそんな状態に気がつかなかった僕にも責任はある。

僕は項垂《うなだ》れて反省している先生たちから視線を外してバタラの方に向き直ると、彼女に謝った。

「ごめんバタラ。自分のことばかり考えていて君のことに気がつかなかった僕が一番悪かったよ」

「シアン様、そんな。頭を上げてください」

慌てたようにバタラは言葉を続ける。

「私はちっとも悪いことをされたなんて思ってませんから。それに――」

僕が頭を上げると、彼女はその場でくるりと一回転をして微笑んだ。

「さっきまで緊張でまともに歩けませんでしたけど、今はこの通りいつもの私に戻れましたし」

極度の緊張の中で周りが見えてなかったバタラだったが、自分の目の前で二人の先生が大暴れしたせいで、完全に意識がそちらに持っていかれ緊張がどこかに飛んでいってしまったという。

こうなるとますます先生たちを叱る理由がなくなった。

「災い転じてなんとやら、ということですわね」

ヘレンも毒気が抜かれたような表情を浮かべ、そう呟く。

そして僕の肩に手を置くと、無理矢理出口の方へ僕を押し出した。

「お、おい。何を」

「これからバタラさんを着替えさせますので殿方は部屋から出ていってくださいませ」

「着替え……ああ、そうか」

確かにバタラは騒動のせいか、まだ成人の儀の衣装に着替えていなかった。

「わかったよ。それじゃあ僕は自分の控え室に行って準備をしてるから、あとでまた会おう」

「はい」

「わかりましたわ」

僕は急いで部屋を出て扉を閉める。

「さてと。ここからが本番だな」

小さく握り拳を作り自分自身に気合いを入れ歩きだす。

きっと今日がこの領地の新たな出発点になると信じて。

◇　◇　◇

しばらくして成人の儀が始まった。

今、集会場の大広間にいるのは僕とヘレン、そしてバタラの三人だけだ。ルゴスと大工たちは集会場の外で盛り上がっているトーポたちの結婚お披露目会へ向かった。今頃はポーヴァルとその教え子たちによる立食形式のパーティが始まっている頃だろう。きっと楽しんでくれていると思う。

ラファムと先生たちには成人の儀が終わったあとの行事の準備を任せてあるので、今頃は控え室にいるはずだ。

ルゴスと大工たちには結婚式のあと、女神像を囲むように儀式用の部屋——儀式の間を簡易的に作ってもらった。なぜそのような部屋を作らせたかというと、成人の儀は女神像と加護を受ける者の一対一で行う儀式だからである。

僕もヘレンも、王都の『大聖堂』で女神像と一人で向かい合い加護を授かった。

なぜ一対一で儀式を行うのか、その理由はわからないが、女神様は加護を受ける人を一人ずつ審査して、その人物に合った能力を授けるのだそうだ。

そのため、複数の人物がいる場では審査がしづらくなってしまうのではないかと言われている。

「落ち着いてくださいシアン様」

「あ、ああ。それはわかってるんだけど」

バタラが儀式の間として作られた囲いの中に入ってしばらく経つ。

いつもの民族衣装を基本に、華美すぎない装飾をあしらった衣装を身にまとったバタラは、扉を開く前に僕に深く頭を下げると「行ってきます」とだけ言い残していった。

と言っても成人の儀では特にどこかへ行くわけではない。

僕の時もヘレンの時も、女神像に加護を授かるまでずっと祈りを捧げ続けただけである。

そして加護が身のうちに宿ると、自然とそのことがわかるのだ。

「たぶん……いや、きっと大丈夫なはずだ」

成人の儀を行えば貴族であろうと平民であろうと、みんな同じように女神様の加護をもらえると僕は確信している。だったら僕に今できることは——

「シアン様にできることは女神様とバタラさんを信じて待つことだけですわ」

「……そうだな。ヘレンの言うとおりだ」

自分で結論を出す前にヘレンに優しく手を握られ、その手を握り返す。

そしてこわばっていた肩の力を抜くと、じっとバタラが入っていった儀式の間の扉を見つめた。

扉を二人で見つめ続けてどれくらい経ったろう。繋いだままの手のひらが汗ばむほど時が経っていることは確かだ。僕は扉から目を離さず、ヘレンに問いかける。

「それにしても、僕たちの時はこんなに時間がかかったかな?」

僕が女神様から【コップ】を授かった時は、祈り始めて間もなく自分の中に現れた力に気がついた。

これほどまで長くかかってはいない。

「そうですわね。私の時も他の方の時もそれほどかかりませんでしたわ。ですけど」

隣からヘレンの小さな笑い声が聞こえる。

「シアン様はなかなか儀式の間から出てこなかったと聞いてましてよ」

「……そ、それはだね。せっかく授かった加護の力がどんなものか確かめたくて色々やってたから」

それは半分本当で半分嘘だ。

あの時の僕は自らが授かった加護が水しか出ない【コップ】だと信じたくなくて、何度も何度も魔力を流し込んだり、神具を出したり消したりして現実逃避していたのである。

結局全て現実だと認めて肩を落としながら儀式の間を出たのはかなり時間が経ってからだった。

「まさかバタラも⁉」

彼女の性格を考えるとありえる。

あの時の僕と同じように、手にした加護がみんなの期待に添えないものだったとしたら。

「ヘレン、バタラを迎えに行こう！」

焦って椅子から立ち上がろうとしたが、ヘレンに引き戻されてしまう。

前から薄々感じてはいたけれど、ヘレンって僕より力が強いのではなかろうか。

「慌てないでください。バタラさんはそんなに弱い人ではありませんわ」

「でも、万が一ってことが」

「ありません！　あの子は私が認めたシアン様の婚約者ですわよ。彼女のことを疑うことは私を疑うのも同じなのです」

きっぱりとそう言い切られ、僕は体から一気に力が抜けるのを感じて腰を下ろした。

そうだ、バタラはきっと僕より強い心を持っているはず。

なんせ、この過酷な環境の領地で生まれ育ってきたのだから。

「ごめん」

「こちらこそごめんなさい。少しからかいすぎましたわ」

「こうなったら夜になろうと明日になろうとバタラを待つよ」

「ふふっ。さすがにそこまでかかるようでしたら私が中の様子を見にいきますわよ」

ヘレンはそう言って視線を僕の顔から扉へ戻した。

「そ、そうだな。うん。君が我慢できなくなるまで待つよ」

ヘレンの横顔にそう告げ、僕も扉の方へ向こうとした時。

がちゃり、と扉のノブが回される音が聞こえる。そしてゆっくりと僕たちの前でその扉が開いていった。

◇　◇　◇

目を開くと私は真っ白な空間に一人で立っていた。

つい先ほどまでは成人の儀を行うために作られた部屋の中で、美しい女神像へ祈りを捧げていたはずなのに。

「どうしてしまったんだろう」

前も後ろも左右も、どこまでも真っ白い空間が広がっているだけ。

ただ、不思議と自分が立つ地面だけは認識できる。

「もしかしてこれが成人の儀なのかな。でもヘレン様からはこんな風になるなんて聞いてないし」

女神像に願いを込めて祈りを捧げ続けると、自然と加護を授かるのがわかる。

そうしたら女神様にお礼を言って部屋を出れば儀式は終わり。

ヘレン様もシアン様もそう言っていたのに。

「もしかして私、祈っている間に眠ってしまったのかな」

今日のことを考えていて昨日はほとんど眠れなかった。

けれど緊張もあって、儀式の間に入るまでは眠気なんて一切感じなかったのに。

「女神様の前に立ったら、なんだか凄く安心しちゃって……」

それで寝てしまったのだろうか。

でも私は確か立ったまま祈りを捧げていたはず。

その状況で眠ってしまったら倒れて目を覚ますのではないだろうか。

「それとも立ったまま寝てるのかな」

私は自分の足下を見ながら、この状態で眠れるものだろうかと考えた。

その時。

『バタラ』

今まで誰もいなかった空間に不思議な声が響いてくる。

その声は自分の目の前から聞こえた気がして、私は慌てて顔を上げた。

「あなたは……女神様？」

『はい。私が女神と呼ばれる者です。初めましてバタラ』

目の前で柔らかい微笑みをたたえた女性が応える。その姿は少し小柄で、少女のようにも見える。

まさに先ほどまで私が祈りを捧げていた女神像の姿そのままだった。

『シアンとあなたのおかげで、やっとこうやって話をすることができるようになりました』

「シアン様と、私の？」

『ええ。このデゼルトの町に私の像を広めてくれたおかげで、力が少しずつ戻ってきたのです』

女神様は私たちが作ったあの像に祈りが捧げられるほど、自らの力が回復するのだと言った。

シアン様はそこまで考えて、水が出る仕組みを使って町の人たちが祈りを捧げる状況を作ったのだろうか。きっとそうに違いない。

なんといってもシアン様なのだから、私が考えている以上のことを常に考えていらっしゃるはず。

『そういうわけであなたにお礼をさせていただこうとここへお呼びしました』

「お礼なんて……私よりシアン様にお願いします」

『シアンにはもう少し力が回復したら会いに行きます。それよりも今はあなたへ望む力を授けることを優先したかったのですよ』

確か加護は、女神様が審査してその人に合ったものを与えるという話だったはず。

しかし本人が望んでいない力を与えられることも多く、シアン様やウェイデン様はそれを理由に王都から追放されたと聞いていた。

「私が望む力ですか？　でも女神様の加護は自分では選べないはずですよね？」

『いいえ、違います』

私の疑問を女神様は即座に否定すると――

『なぜなら私はその人が望む力を授けることしかできませんから』

そんな驚くことを告げたのだった。

「その人が……望む……？」

今、女神様はなんと言ったのか。

その人が望む力しか与えられないと聞こえた気がする。

だとするとシアン様やウェイデン様が望まぬ力を授かったせいで追放されたという話と矛盾してしまうのでは。

『あなたの考えていることはわかります。ですが私の言ったことは真実なのですよ』

「ということはシアン様は自らあの力を望んだということなのですか？」

『そうです』

「そんな……でも、シアン様はそのせいで王都を追われたのに」

詳しく本人から話を聞いたことはない。

だけど、ヘレン様や家臣の皆さんから伝え聞いた話では、シアン様はバードライ家の跡継ぎとなって王国の中枢を担いたいと願っていたはず。

女神様の言葉が本当であるなら、シアン様は自らの望んだ力でその道を絶たれたということになる。

『そうですね。もう少し詳しく言うとすれば、私の加護はその人が望むことを実現することができる力を授けるというものなのです』

「実現することのできる力ですか」

『はい。お金が欲しいと願えばお金を生み出す力が発現したり、力を求めれば力を手に入れるきっかけになるものを手にしたり』

その力を正しく使えば願いは叶う。

けれど、力の使い方を間違えれば願いは遠くなり叶わない。

「では、シアン様は一体何を望んだと言うのでしょうか？」

今のシアン様からは考えられないけれど、当時は権力を手に入れることを願ったのかもしれない。

それと【聖杯】の力がどう結びついたのかはわからないが、それを確かめずには前に進めない気がした。

『シアンは【救う力】を願いました』

「救う……何を救うためにその力を望んだのですか？」

予想外の返答に、私は驚きの声を上げてしまう。

『それは……』

女神様は少し口ごもって言い辛そうにしたあと、答えを口にした。

『私の神託を叶えようとしてくれたのです』

神託。

確かシアン様やウェイデン様が昔、女神様から伝えられた言葉。

けれど私はその内容を聞いていない。

「どんな神託を女神様はシアン様に託したのですか？」

『私はかつて彼が生死の境をさまよい、この世界に訪れた時、彼の魂の輝きを見ました』

シアン様は今まで二度ほど死にかけたと聞いている。

二度目は私が無理を頼んだせいで魔力切れを起こしてしまった時。

そして一度目はずっと昔、バードライ家にいた頃と聞いている。

「輝きですか」

『はい。そしてその光に私は希望を見たのです』

女神様はシアン様と初めて会い、神託を授けた運命の日のことをゆっくり語り始めた。

その頃のシアン様は、モーティナさんの指導の元で自らの魔力を増やす特訓をしていた。

そして彼女のおかげで貴族として凝り固まった選民思想《せんみんしそう》が溶け始めていた時のことである。

モーティナさんの『自分が見ている時以外は絶対に魔力増強の訓練はしてはいけない』という言いつけを破って、一人で魔力を枯渇ギリギリまで使う特訓をしてしまった。

なぜこの時に限って言いつけを破ってしまったのかというと、モーティナさんがシアン様の前にしばらく姿を見せない日が続いたかららしい。

ウェイデン様かラファムさんのことで何かあったのか、それとも別に何か用事ができたのかわからない。

いつもは数日に一度は顔を出して、色々なことを教えてくれていた師匠の長期不在。

それは好奇心と向上心に溢れていた当時のシアン様にとっては、自分の能力を試す絶好のチャンスだったのだろう。

『その頃私は人々の前にこのように姿を現す力すら失っていました。会えるのは生と死の狭間であり、人の精神の壁が取り払われている時だけ』

偶然なのか運命なのか。

その日、シアン様は師匠であるモーティナさんからきつく禁止されていた訓練を行い、魔力切れで瀕死状態に陥った。

そして、私が今いるこの空間で女神様と邂逅《かいこう》し——

◇　◇　◇

儀式の間の扉が開く。僕とヘレンは立ち上がり、バタラを出迎えるために扉へ駆け寄った。

「バタラ、無事に終わったのかい？」

「はい。女神様から加護をいただくことができました」

笑顔で話すバタラの答えを聞いて、僕は全身の力が抜けるような感覚を覚えた。

思っていた以上に緊張で体がこわばっていたらしい。

「おめでとうございますバタラさん」

「ありがとうございま——きゃっ」

突然ヘレンに抱きつかれ、バタラがおかしな声を上げる。

けれどすぐにその抱擁《ほうよう》が祝福の表現だと気づいた彼女は、ヘレンの背中に手を回す。

抱き合う二人に交ざるわけにもいかず、僕は二人が離れるのを少しの間待つことになった。

やがて二人が離れ、ヘレンが僕の横に戻ってきたところで、バタラに一番大事なことを聞こうと口を開く。

「それで、バタラは女神様からどんな加護を授かったんだい？」

僕は彼女の授かった加護が、たとえどんなに小さなものであったとしても喜べる自信があった。

「私が授かったのは【探査】という加護です」

「初めて聞く加護ですわね」

「僕も知らないな。それはどんな加護なのかわかるかい？」

僕の時は加護を得て、それが【コップ】だということはわかったけれど、使い方や何ができるのかはさっぱりわからなかった。幸い神具は魔力を流し込むことで発動することが知られていたため、水を出すことはできたのだけど。

「探したいものを見つけ出す力だと聞きました。目的のものや場所がどこにあるのかがわかるらしいのですが」

バタラはまだその力を試していないので正確なことはわからないけれど、かなりの広範囲を捜索できるはずだと聞いているとか。それにしても探したいものを見つけ出す力というのはかなり便利な力だ。水しか出せなかった僕や、小さな渦しか作れなかったヘレンの加護に比べて最初から広範囲に効果を及ぼせるとは大盤振る舞いだ。

「それでバタラは何を探したんだい？」

「私ですか？　いいえ、まだ何も探していませんけど」

「でもその【探査】を使ってみたんだろ？」

「まだ一度も使っていませんが」

あれ？　力を試してないのに使い方がわかるなんてあるのかと考えたところで、僕はバタラの先ほどの言葉を思い出す。

『探したいものを見つけ出す力だと聞きました』

バタラは確かにそう言っていた。

つまり、自らが与えられた加護について誰かから聞いたと言うことになる。

そして成人の儀でそれが可能なのは――

「もしかしてバタラ……女神様に会ったのか？」

「はい。お会いしました」

「えっ、本当に女神様にお目にかかりましたの？」

どういうことだ。成人の儀で直接女神様に会うどころか、加護について教えてもらったという話は今まで聞いたことがない。もしかしてバタラが貴族ではないことと関係があるのだろうか。

それにウェイデンにも確認したけれど、女神様に会うためには死にかけるしかなかったはずだ。

「あっ、そうでした」

一体どういうことかと考えていると、バタラがそう言って僕とヘレンの手を握ってきた。

「女神様からお二人を連れてきてほしいと頼まれたんです」

そしてそんなとんでもないことを言い出したのである。

「一体どこへ？」

「どこと聞かれてもわからないんですけど、行き方は教えてもらってます」

「場所はわからないのに行き方はわかるんですの？」

バタラは頷くと僕らの手を引っ張る。

「はい。儀式の間で女神像に祈りを捧げれば、あとは女神様が導いてくれると聞いています」

「ということは」

「もしかして私たちも女神様にお会いすることができるのですか？」

バタラに手を引かれながら、僕らは女神像の前に立つ。そして彼女の言うとおり目を閉じ、女神様へ祈りを捧げた。

どれくらい祈っていただろうか。

まぶたに感じる光が強くなったかと思うと、僕の耳に聞いたことがある優しい女性の声が届く。

『お久しぶりですねシアン』

直接この声を聞いたのは、デゼルトの町に初めて来たあの日以来だ。

閉じていたまぶたを開く。

「お久しぶりです女神様」

僕は目の前に立つあの日と変わらない神々《こうごう》しい姿の彼女に視線を向けて、溢れ出る喜びを隠しながら挨拶したのだった。

終章　紡がれる命と未来と

カンッカンッカンッ。青空に木槌《きづち》の音が響く。

今日もルゴスの弟子たちが、増え続ける住民たちのために新たな住宅街を作り続けている。

この新たな町ジュディードが、ダンジョンの近くに作られてから二年。既に人口は百人を超えていた。

きっかけはデゼルトの人口問題だった。バタラが成人の儀を無事に成功させたあとのこと。それを見届けるように旅立ったウェイデンが半年後、新たに移民希望者五十人ほどを連れて帰ってきた。

その頃はまだデゼルトに空き家も多く、軌道に乗り始めた農園のおかげで最初にやってきた移民と同じように受け入れることができた。

だけどそれが二度、三度続くとデゼルトの空き家は全て埋まってしまい、新しい家屋を建てる土地が足りなくなることが目に見えてわかった。

そこで僕たちはエリモス領に新たな町を作ることを決めた。それがジュディードである。

バタラが成人の儀を成功させてから五年。

エリモス領には女神様の加護を受けた若者たちも増え、エルフやドワーフたちだけでなく獣人たちとの交易も盛んになっていた。

町の周りもかつての荒野が思い出せないほど緑が多くなり、オアシスの湖畔には木々が元気な姿を取り戻している。

というのもメディア先生とエンティア先生の二人が協力して魔肥料の改良に力を入れてくれたことが大きい。時に暴走しがちなメディア先生をエンティア先生が諫《いさ》め、理論に走りがちなエンティア先生の考えをメディア先生が壊すというコンビは、僕が思っていた以上に素晴らしい相乗効果を生み出したのである。

おかげで、メディア先生だけでは横道に逸れてなかなか進んでいなかった緑化計画が、最初の見立てより遥かに早く成功したのだ。

まだ定期的な魔肥料の散布が必要なところも多いが、早いところでは既に植物自身の循環で緑が保たれるようになっていた。

そして緑が保たれるようになった理由は他に二つある。

一つは例のエルフからバタラの祖母がもらった種だ。

実はあの種の正体は、エルフたちが『世界樹の種子』と呼んでいるものだった。

といっても本当に伝説の世界樹が生えるわけではなく、エルフの里の中心にあった巨木の周囲に生えている木の種なのだそうだ。あの木々の特徴は、他の木に比べ地面深くに根を張り地下水を効率よく地表まで引き上げるだけでなく、その地表の保水力を上げる性質を持っているらしい。

荒野に植えられた『世界樹の種子』は魔肥料によってもの凄い早さで成長している。きっと数年後には立派な森となって領地を潤してくれるだろう。

そしてもう一つはセーニャの協力である。

元々彼女は生まれ故郷では水神と呼ばれ、干ばつ地帯に雨を降らす力を持っていた。

この地に逃れてきて大渓谷の底に本体を沈めてからは、力の暴走を恐れて能力を使うことはなかったが、エリモス領の緑化のためにその力を使うと言ってくれたのだ。

長い月日が流れ、自らの体内にあった余分な魔素を龍玉として排出してきた彼女は、既に暴走状態にはない。今なら天候を操ることも可能だろうと決心をしてくれたのだった。

少し前までは不毛の領地だったエリモス領だが、そもそもそんな土地になったのはセーニャが大渓谷を作ったからだ。大渓谷により大陸が分断されたせいで、パハール山を含む山脈からの豊富な水や栄養が対岸まで届かなくなり、気流の流れが変わった影響で雨量も極端に減った。

結果的にエリモス領は人が住むには過酷な地となってしまったわけである。

きっとこの地の気候を変えるためには長い年月がかかるだろう。

僕が生きている間は、自然の力で雨が降るようになることはないかもしれない。

だけどセーニャたち龍人の寿命は長寿のエルフたちよりも遥かに長いのだ。

生きている間、彼女はできる限りこの地が豊かな土地になるように手伝いをしてくれると言った。

雨さえ自然に降るようになったら水の心配もなくなる。

そして——僕がこの地に来て初めて雨が降った。その日は僕だけじゃなく町の人たちは全員びしょ濡れになるのもかまわず空を見続けた。

翌日、それまで雨を経験してこなかった町の古い家々が雨漏りになり、大工たちが全員修理に走り回る羽目になったが、みんなの表情は笑顔に溢れていたのを覚えている。

「坊ちゃ……旦那様。今日王都へ出発するって聞きやしたけど、こんなところにいていいんすか？」

一通り町の現場を確認し終わったルゴスが、五年前と変わらぬ風貌で手を振りながらやってきた。

少し前にルゴスの母親がデゼルトにやってきた時に初めて知ったのだけど、ルゴスの母親はなんとエルフだったのである。

エルフとドワーフ、長命種同士の間に生まれた彼は、その血を受け継いでいるおかげで成人後はほとんど見かけが変わらない。

ルゴスには今日、僕がこの町の様子を見に来るとは伝えていなかったのだけど、誰かが気を利かせて連絡したのだろう。

「ああ、今日出る予定だけど僕にはフィーもいるしね」

『フィー!!』

僕の後ろでは、今では僕の倍以上の背丈に育った火炎鳥のフィーミアが座っていた。

今日この町にやってくる時に僕はフィーミアの背中に乗せてもらってやってきたのだ。

馬で半日弱かかる道程も、フィーミアの飛行速度ならあっという間である。

といっても、僕が高所恐怖症を克服してフィーミアに乗れるようになったのはまだつい最近のことなのだけど。

「せっかくだからエリモス領を出る前に、最後にルゴスに会っておこうと思ってね」

「旦那様、最後だなんて縁起が悪いこと言わんといてくだせぇや」

「あはは、冗談だよ」

顔をしかめるルゴスに僕は笑ってそう応える。

「本当はルゴスにもついてきてほしかったんだけど」

「そいつに乗れる人数が限られてる以上、わがままもいえねぇっすよ」

『フィー!!』

大きくなったとはいってもフィーミアが背中に乗せることができる人数はせいぜい三人が限界である。希望者全員を連れていくわけにはいかなかった。

今回、王都には僕とバタラ、そして執事のバトレルが同行することに決まった。

なぜ突然僕が王都へ向かうことになったのかというと、『バードライ家当主からの招集令状』が届いたからである。

「それじゃあそろそろ行くよ」

僕はルゴスに告げると、フィーミアの背中によじ登る。

こういう時かっこよく飛び乗れればいいのだけれど、僕の平凡すぎる身体能力ではできるわけがない。

「気をつけて。旦那様に何かあったらヘレン嬢ちゃんだけでなく、全ての領民を悲しませることになりますぜ」

「大丈夫さ。僕には女神様の加護があるからね」

そう返事をすると、僕はフィーミアに合図を出す。

フィーミアは大きく翼を広げると、ゆっくりと役所前の広場から飛び上がった。

僕は見送るルゴスに手を振ってジュディードの町を飛び立つのだった。

◇　◇　◇

「旦那様、お帰りなさいませ」

フィーミアに乗って領主館の前に降り立つ。

僕が出迎えたバトレルに「他のみんなは？」と尋ねると、「ヘレン様の部屋でお待ちです」と答えた。

「じゃあ僕もこのままヘレンのところに行くよ。それから出発する」

「わかりました。それでは私はフィーミアの背に荷物を積んでおきます」

「頼んだ」

僕は駆け足気味に領主館に入ると、そのままヘレンの部屋に向かった。

「僕だけど入っていいかな？」

軽く扉をノックして声をかけると、中から扉が開いてラファムが顔を見せる。

「旦那様、お帰りなさいませ」

「ただいまラファム。ヘレンは元気かい？」

「ええ、とても。さぁ中へ」

ラファムに促されるままに中に入ると、部屋の中にはバタラやエンティア先生、それにヒューレがいた。ヒューレがここにいるのは珍しいなと思いながら僕は部屋の中に入る。

「おかえりなさいシアン様」

僕の顔を見て立ち上がろうとするヘレン。

「立ち上がらなくていいよ。それより体は大丈夫かい？」

「はい、先ほどエスティン先生に見てもらいましたが、母子共になんの問題もないと」

「それはよかった」

僕はヘレンのそばに歩み寄ると、彼女の肩に優しく手を添える。

僕とヘレンが正式に結婚をしたのは一年ほど前になる。

バタラの成人の儀のあと、しばらくして僕とヘレン、そしてバタラとの正式な婚約発表をオアシス湖畔の広場に作った会場で発表した。

結婚はエリモス領が落ち着いてからと決め、そこから四年間必死に働き、新しい町もできた。

そしてセーニャの協力を取りつけ、なんとか領地の未来が安定した去年、ヘレンとの結婚式を挙げた。

「この子が生まれたら、次はバタラさん、あなたの番ですわよ」

今、ヘレンのお腹には僕の子供がいる。

そしてこの子が生まれたあとにバタラとは結婚することになっていた。

最初はヘレンとバタラ、二人そろって一緒に結婚式を挙げる予定だった。

だけどバタラは正妻であるヘレンが僕の跡継ぎを生むまでは待ちたいと望んだのである。

「はい。ですのでヘレン様も無理をせず体を労って無事立派な跡継ぎを生んでくださいね」

「跡継ぎ跡継ぎと言いますけれど、女の子かも知れませんわよ？」

「別に女の子が跡を継いでもかまわないと思いますけど」

バタラがこちらに視線を向ける。

「ああ、もちろんその子が望むならね。逆に望まなければ男の子でも無理に領主になる必要はないと思ってるよ」

「シアン様は相変わらず貴族とは思えない考え方をしてらっしゃいますわね」

「ここに来てから色々あったからね。貴族としての義務は果たさなきゃならないけど、貴族だからって慣習に縛られる必要はないさ」

和《なご》やかな空気が流れるヘレンの部屋にノックの音がする。やってきたのはバトレルだった。

「旦那様、準備が整いました」

その言葉に、それまでゆったりとした空気だったのが緊張したものに変わった。

「わかった」

僕はバトレルに返事をすると、部屋の中のみんなに声をかける。

まずは身重のヘレンを任せる二人に。

「ラファム、エンティア先生。ヘレンのこと頼みます」

「はい」

「お任せください」

次にヘレン。

「それじゃあ女神様の願いを叶えに行ってくるよ」

「行ってらっしゃいませシアン様。本当は私も一緒に行きたかったですけど、バタラさんに任せます」

「ヘレンさん……はい、ヘレンさんの分まで頑張ってきます」

両手を握って気合いを入れるようなポーズのバタラにヘレンは優しく笑い返す。

僕はそんな二人を見て、きっと彼女たちと……エリモス領と王国の未来を守るのだと心に強く誓ったのだった。

◇　◇　◇

「大丈夫かいバタラ？」

フィーミアの背に乗り飛び立ってしばらく経つ。

隣に座っているバタラの口数がどんどん減って、ついには黙り込んでしまった。

僕と違って彼女は高所恐怖症でもないし、空の上は寒いけれど火炎鳥であるフィーミアのおかげで、寒さはほとんど感じない。

なのにバタラはまるで凍えているかのように顔を青くして震えている。

「あ、はい。大丈夫です」

「もし体調が悪いなら途中の町に降りて休むかい？」

「いえ、その。もうすぐシアン様のお父様に会うのかと思うと、緊張してしまって」

どうやらバタラの顔が青ざめていたのは極度の緊張のせいらしい。

そういえば成人の儀の時も、彼女は緊張で同じような顔をしていたことを思い出した。

「安心してくださいませバタラ様」

僕たち二人の前で前方を確認していたバトレルが振り返ってそう言った。

「大旦那様はバタラ様が思われているほど厳しいお方ではありません。むしろとてもお優しい方ですから、きっと喜んで迎え入れてくれるはずです」

「そうだといいんですけど」

五年前のあの日。女神様から教えられた真実は僕たちを驚かせるのに十分なものだった。

かつて建国の英雄たちによって、この地を荒らしていたドラゴンが滅ぼされた。

だが、死してなおその体は瘴気をまとい続け、そのままにしておくわけにはいかなかったらしい。

そこで一人の男が自らの命をかけてその死体を封印した。

彼こそが初代の【聖杯】使いである。

彼は【創造《クリエイト》】の力で瘴気を封じ込める物質を作り出し、それでドラゴンの死体を包み込むことで封印することに成功した。

しかし、ドラゴンとの戦いで消耗しきった体は、その行為に耐え切れず命を落とすことになる。

やがて月日が経ち、封印の上にさらなる封印を施すべく建築された町が王都となった。

ドラゴンが封印されて百年ほど経った頃、その一部にほころびが生じた。

命をかけて作り上げた封印であったが、最後の最後、僅かに力が足りなかったのだろう。

最初は小さな欠陥だったのが長い年月で徐々に広がり、そこから漏れ出した瘴気が誰もが気づかぬうちに王都を蝕《むしば》んでいったのだ。

女神様がそのことに気がついた時には、既に王国の上層部は瘴気に当てられていたという。

そして瘴気に操られた王族と側近たちは、あの大討伐を命じた。

表向きは王国内の安全のため。

だが実際は大討伐により集めた魔獣の血を使って、ドラゴンを復活させようとしていたのである。

しかし、その暴挙はすんでのところである男によって阻止されることとなる。

暴挙を止めたのは僕の父であるファーレ＝バードライだった。

実は父も若かりし頃に事故で死にかけ、女神様から神託を受けていたというのだ。

神託を受けた彼が成人の儀で得た加護は【創造《クリエイト》】。そう、奇《く》しくも初代聖杯使いと同じ力である。

しかし、父は僕や初代のように魔力量を増やす特訓はしておらず、使える力には限度があった。

彼は女神様の神託を叶える時のために、【創造《クリエイト》】の力のことを隠し、表立っては炎の加護を得たように見せかけた。

【創造《クリエイト》】の力があれば、炎を作り出すことなど造作もなかったからだ。

やがて彼がバードライ家の跡取りとなり、王城へ出入りする自由を得た時にあの大討伐が始まったという。それは王国最大の危機でもあったが、逆に父にとって絶好の好機にもなった。

大討伐で慌ただしい中、有能な兵士は前線へ向かい、手薄になった警備のスキを突いて彼は動いた。いつもなら大貴族といえど一人で近づくことができなかった地下へと続く道。

その先に目的の場所はあった。地下に広がる四角い大きな空間である。

その空間を埋めるように、岩のような巨大な物体が鎮座していた。これこそが封印されたドラゴンの今の姿だった。

父はその岩塊《がんかい》に近寄ると【創造《クリエイト》】を発動させ、その表面全体を覆うように新たな膜を作り出し、封印を強化させることに成功した。

しかし漏れ出た瘴気の影響は王都に残ってしまったのである。

女神様に力があれば、彼女の力でその瘴気を打ち払うこともできたのだが、彼女は父に加護を授けたことでほとんど力を失ってしまっていた。

父も女神様の力を取り戻そうとしたのだが、その方法がわからず途方に暮れる。

更に、瘴気によって誤った方向に進んでいた国の政治を正しい方向へ戻すことに奔走していたため、女神様の力を取り戻すことにあまり労力を割《さ》けなかったのだ。

本物の女神像へ祈りを捧げる。それが女神様へ力を与える方法だということを父は知らなかったのである。ただ、本物の女神像へ祈りを捧げる成人の儀が貴族伝統の儀式として、ずっと続けられていたので、少しずつではあるが女神様は力を取り戻すことができていた。

与えられる加護は弱まってしまっていたが、それは女神様が力を取り戻すために必要なことだったと今ならわかる。

やがて月日が流れ、彼の二番目の妻に子供ができた。それが僕だ。

母は僕を産んですぐ亡くなったが、それが王都に残る瘴気のせいかどうかはわからない。

バトレルを始めとする家臣たち、そして師匠のおかげで僕は無事に成人の日を迎えることができた。

それからのことは今更説明する必要はないだろう。

あの日女神様は言った。このまま僕がエリモス領を発展させ続ければ、近いうちに女神様が王都に残る瘴気を払うことができるだけの力を取り戻せる。

かつて僕とウェイデンが授かった神託である『この国を救ってほしい』という女神様の願いは、その時に成就されるだろうと。

それから僕らは必死になってエリモス領を発展させるために、あらゆることを行った。

そしてついに女神様の力によって王都に残っていた瘴気が払われたのである。

ただ瘴気の元であるドラゴンの屍を消し去るほどの力はまだ回復しておらず、そこまでは至らなかった。だけどいつかそれも可能になるだろうと信じている。

◇　◇　◇

「シアン様、そろそろタージェル商会の者との合流地点です」

バトレルの声に前を向くと、深い森が見えた。

魔獣であるフィーミアに乗って直接王都に向かうわけにはいかないため、王都付近の人目の少ない場所でタージェルに準備してもらった馬車に乗り換える予定になっている。

五年の間でタージェルは明言通り自分の店を構え、自ら行商して回る行商人から人を雇って交易をする商人になっていた。

僕から仕入れる『神コップ』のおかげで、水という大荷物を積む必要もないうえに、レシピを広めながら売っていた砂糖水飴の需要がどんどん増加したのもあって彼の商会は急速に大きくなっていったのである。それだけではない。本格始動し、農地をどんどん広げているデゼルト農園の高品質な野菜や果物の独占販売もそれをあと押しした。

王都だけでなく地方の取り引き先を元々大事にしていたこともあって、タージェル商会は今では王国内で最大の流通経路を持つ大商会となっていた。

「フィー、なるべく人に見つからないようにあの森の真ん中にある泉に降りてくれ」

『フィー！』

ここまでの空の旅は、街道や村や町がない人気のない場所を飛んできた。

時々狩人や木こりのような人たちを見かけたが、はぐれた魔獣が大渓谷から飛んでくることは稀にあるため、背に乗っている僕らに気づかなければそう騒ぎにならないだろう。

「泉のそばに人影が見えますが、あれはカルフ殿ですかな」

ゆっくりとフィーミアが高度を落としていくと、泉の脇で手を振るタージェルの息子、カルフの姿が見えた。初めて会った時はまだまだ子供だったが、彼も既に成人の儀を終え、タージェル商会の跡取りとして誰もが認める存在になっている。

「シアン様、お待ちしておりました」

「急なことですまない。まさかカルフが来てくれるなんて思わなかったよ」

「ちょうど近くの村に商談で来てたので」

「カルフくん、久しぶり」

「バタラ姉ちゃ……様」

カルフは成人の儀で成人してから、デゼルトの町にやってくることが少なくなった。

タージェルの代わりに跡継ぎとして色々な町や村を巡っていたからだ。

「見ない間に随分立派になったね」

「そうかな。自分ではわからないんだけど」

バタラとカルフが話をしている間、僕とバトレルはフィーミアから荷物を降ろす。

そして全部降ろし終えたところで、カルフに声をかけ馬車に荷物を積み込んだ。

「あとは……フィー。君はデゼルトに戻っていてくれないか」

『フィー』

「心配だって？　大丈夫、帰りはシーヴァが迎えに来てくれることになってるからね」

シーヴァは今、大渓谷へ里帰りしていて、明日デゼルトに戻ってくる予定だった。

なので帰ってきたらこちらへ迎えに寄越すようにとラファムに頼んであるのだ。

『フィーフィー』

「仕方ないだろ。帰りは荷物がかなり増えるはずだから、まだフィーミアには運べないんだ」

『フィー……』

王都を追放同然に追われたあの日以来、久々の帰郷である。

屋敷に行くならと、エンティア先生やメディア先生から当時持ち出せなかった本や実験器具などを持ってきて欲しいと頼まれている。

他にもルゴスやポーヴァル、そしてラファムからも王都近辺でしか手に入らないものを頼まれてしまった。その全てを持って帰るとなるとフィーミアでは無理がある。

「シアン様、積み込み終わりました」

「ありがとう」

「急いで準備したのですが、貴族様が乗るような馬車は手配できなくて」

「王都までもう半日もかからないだろうし、かまわないよ」

僕は先に乗り込んでいたバトレルに手を引かれて馬車に乗り込む。

続いてバタラを引き上げ、木箱を改造したものに申し訳程度の布を被せた椅子に二人で座った。

そしてバトレルが御者席に向かい座った。

彼はこれからカルフと交代で御者をするらしい。

「それではカルフ殿、王都までお願いいたします」

「はい。バトレルさんが横にいてくれるのは心強いですね」

二人のそんな会話と同時に馬車がゆっくりと動き出す。目指すは懐かしの王都。

約六年もの間、一度も顔を合わせなかった父と兄姉のことを考えながら、僕は馬車の揺れに身を任せたのだった。

◇　◇　◇

王都の中に入る時、バードライ家の者が商馬車に乗ってくるわけがないと門番と一悶着《ひともんちゃく》あったが、バードライ家の紋章が入った短剣と父からの招集状を見せると、すんなり通してくれた。

久々に見る王都の人々は、僕の記憶にあるよりも明るい表情に見えた。

それもこれも、女神様が王都に溜まっていた瘴気を消し去ってくれたおかげだろう。

更に以前より獣人族の商人の姿が目に留まるようになっていた。

彼らは敏感な嗅覚で王都に漏れ出していた瘴気を感じ取っていたのか、王都に長居することを拒んでいた。しかし今はそんな気配はまるでなく、町の中で楽しそうに商談をしている。

王都の手前から御者はバトレルに替わって、バードライ家を目指して大通りをそのまま進む。

下町を越えしばらく進むと、貴族たちが住む町への門があったが、今度は前もって僕がバトレルの隣で控えていたため、特に問題なく通ることができた。

貴族街を守っていた門兵の片方がかなりベテランで僕の顔を覚えていてくれたのも大きかった。

町に入ると、下町のような喧噪《けんそう》はまったくなくなり人通りもほとんどない。

時折通る馬車と貴族家に勤める者たちの姿が見えるくらいである。

僕たちの乗る馬車は、その中を王城目指し進んでいく。

王家に次ぐ力を持つ大貴族家の屋敷は王城の近くに建てられている。

他の貴族の家々より立派なその建物は、貴族街に入ってすぐに目視できるほど大きい。

「懐かしいな」

「昔はシアン様に付き添ってこの道を何度も通りました」

「あの頃に戻りたいとはもう思わないけれど、またここに来られてよかったと思ってるよ」

貴族街は六年前とほとんど変わっていない。変わったのはそこに住む人だけなのだろう。

景色を懐かしみながら僕たちがバードライ家の前までたどり着くと、僕たちの到着を待っていたのか、正門がゆっくりと開いていった。

バトレルは門の脇に控える元同僚に軽く会釈をすると馬車を屋敷の敷地内へ進ませた。

広大な庭を通る道をしばらく進む。

この無駄に広大な庭は、もしもの時に貴族街の人々の避難場所になると昔に父から聞いたことがある。それまでは、どうしてこれほどまでに広い庭があるのだろうと不思議に思っていた。

庭を通り抜けると、やっと屋敷の玄関前にたどり着く。

「お帰りなさいませシアン様」

「お帰りなさいませ」

「お帰りなさいませ」

馬車の到着と同時に玄関前に控えていた侍女たちが一斉に頭を下げた。

バトレルに続き僕とバタラが馬車を降りると、数人の従僕《じゅうぼく》らしき者が荷物を降ろすために馬車に駆け寄っていく。

「ただいま」

僕はそう応えるとバタラの手を引いて、案内を申し出た侍女長の後についていて屋敷の中に入った。

後ろではバトレルが侍女たちにカルフを客人として扱うようにと指示を出している。

「何も変わってないな」

「……」

エントランスホールを見回すが、六年前の記憶との違いはない。

長い間、この屋敷を変わらず守り続けてくれた使用人たちに感謝しつつ、僕は侍女長に続いて階段を上る。彼女が目指す場所は父の執務室だ。

「一度休憩を取られてから案内をするつもりでしたが、大旦那様がすぐにでもシアン様を連れてきてほしいと仰って」

侍女長は僅かに表情を曇らせながらそう告げた。

「かまわないさ。僕も早く父上にお嫁さんを紹介したいからね」

そう言いつつも、繋いだ手から伝わってくるバタラの緊張はかなりのもので、一度休憩を挟んで緊張を解きほぐしてあげたいとも思う。

僕は侍女長に少し待っていてくれと言って足を止めると、バタラに向き直って声をかけた。

「バタラ、大丈夫？」

「……」

「バタラ？」

「ひゃっ」

王都に入ってからほとんど口を開かなかったバタラが、突然目を覚ました子供のように慌てて顔を左右に動かし周りを見回す。

そして最後に僕の顔を見つけると「こ、ここはもしかしてシアン様のお家ですか？」と予想の遥《はる》か上の言葉を発した。まさかそこまでとは思わなかった僕は、思わず噴き出してしまう。

「ぷっ。ああ、確かに『お家』だよ」

「あっ、お屋敷です。お屋敷」

「お家でも一緒だよ」

「一緒じゃありません！　もうっ、シアン様は時々意地悪なんですから」

頬を僅かに紅潮させ拗《す》ねるバタラの顔に、僕はそっと両手を伸ばし触れる。

「な、なんですかこんなところで」

「落ち着いた？」

「こんなことされたら落ち着きませんっ」

そう言いながらも僕の手を振り払うことはしない。

「これから僕は父上に会って君を紹介する」

「……はい」

「何を心配しているのかはわかっているつもりだ。だけど大丈夫。僕たちには女神様の祝福があるんだからね」

貴族と平民が恋に落ち結ばれる。そんな物語はこの世に数え切れないほどあるけれど、実際はハッピーエンドになることはほとんどない。

だけど僕たちは違う。なんせ女神様が祝福をくれた二人なのだから。

「行こう」

「はい」

僕の瞳をじっと見つめ返し、バタラはそう応える。その顔からは先ほどまでの不安の色は消え去っていた。僕が「もういいよ」と侍女長に告げると、彼女は軽く礼をしてから先導を再開する。

父の執務室は二階の長い廊下を進んだ中ほどにある。

「それでは私はここで」

侍女長は執務室の前でそう告げると去っていく。たぶん父の指示だろう。

僕は一度大きく深呼吸してから重厚な扉を叩いた。

「シアンです。ただいま帰りました」

部屋の中に聞こえるように大きな声でそう言うと、部屋の中から「待っていた。入れ」と懐かしい父の声が聞こえてきた。僕はバタラの手を握りながら、空いている方の手で扉を開く。

執務室の中は几帳面な父の性格そのままに整えられていて、左右の壁には大量の本やまとめられた書類が並び、中央には応接机とソファーがあった。

そして父は部屋の一番奥に備えつけられた大きめの執務机の向こう側に座っていた。

「六年ぶりか」

「そうですね。僕があなたにこの屋敷を追放されてから六年……」

そこまで口にしたところで父の顔に悲しみの色が浮かぶ。

「いいえ、違いますね。あなたが……父上が僕を助けるために王都の権力が及ばないあの地へ逃がしてくれてから六年になります」

僅かな沈黙の後、父は口を開いた。

「私はお前を逃がしたつもりはない。ただお前の力が生きる場所はここではないと思ったから送り出しただけだ」

「僕の力ですか」

「お前の力が水しか出せない【コップ】だと知った時、私は悩んだ」

父は右手を僕らの方に突き出すと、その手に【聖杯】を出現させ言葉を続ける。

「お前の【聖杯】の力がその程度でしかなかったのは、私が【聖杯】の力のうち【創造《クリエイト》】を授かってしまい、女神様の残っていた力をほとんど使ってしまったからなのではないかと思ったのだ」

不完全な加護を得てしまった息子。

その責任が父親である自分にあるのかもしれない。

そう考えた父は僕の将来を潰してしまったと悔やんだらしい。

「だが違ったのだな。お前はお前の望む力を、私とはまったく違う【聖杯】の形で生み出しただけだったのだな」

「僕も自分の本当の望みがあの頃はわかりませんでした。そしてたぶんあのまま王都にいたとしたら、本当の望みに気がつかないままだったでしょう」

あの日、父は不完全な【聖杯】の力を手に入れた僕が、このままでは貴族社会に潰されてしまうだろうと確信した。

だから僕を貴族社会とは隔離されたあの地へ、一番信頼している家臣と共に送ったのである。

「バトレル。いるのだろう？　入ってきなさい」

「お気づきでしたか」

「当たり前だ。お前とは長い付き合いだからな」

扉を開けて姿を現したバトレルは、扉を閉じると父に向け深く頭を下げた。

「大旦那様、お久しぶりでございます」

「直接言葉を交わすのはいつ以来だろうな」

「少しお痩せになりましたか？」

「気にするほどではない。それよりもお前はまったく変わらんな」

二人の間に長い付き合いを感じさせる空気が流れる。

「あの地でシアンを支えてやってくれという私のわがままによく応えてくれた。改めて礼を言う」

「いいえ、私は大旦那様に言われずともシアン様についていくと決めておりましたゆえ、礼は必要ありません。それに」

バトレルはおもむろに僕たち二人に視線を向け——

「シアン様をあの地で支えたのは私たちではなく、ここにいるバタラ様と、今もお屋敷で帰りを待つヘレン様でございます」

と言った。

「ヘレン嬢が出奔したという話を聞いた時は、無事シアンの元にたどり着いたと聞くまで飯も喉を通らなかったぞ」

「大旦那様は何でもかんでも全て自分の責任だと考えすぎなのです」

「そうは言うがな……いや、それよりもだ」

父はバトレルの言葉に対する反論を途中で止め、蚊帳の外になっていた僕たち二人に向けてこう言った。

「シアン。そろそろ私に彼女のことを紹介してくれないか？」

◇　◇　◇

六年ぶりの帰郷を終えてから半年。父の手引きで王より新たな貴族家を興《おこ》すことを許された僕は、バードライ家を離れ、新たにリュエール家を興した。それに伴いバードライ家は正式に兄が継ぐことになった。

瘴気が払われたあと、兄と姉は少し変わったらしい。刺々しく高飛車だった姿はなりを潜め、元々努力家であった兄は大貴族の跡取りとなるべく勉強にいそしんでいる。

姉の方は少し落ち着いたものの、結婚相手は自分で選ぶといって父を困らせているとか。

その二人とは未だに僕は会っていない。

といっても僕が避けているわけではなく、過去の行いで僕に合わせる顔がないと二人の方が避けていたのだ。だけど僕は二人のことを恨んではいないし、できればこれからは家族として仲良くしていきたいと思っている。それが父の願いでもあるからだ。

すっかり周辺を緑に囲まれ、豊かな地へと変わったデゼルトの町。

町中に出店が溢れ、人々が歓喜の声を上げながらお酒やエールを酌み交わす。

その中を豪華な馬車を中心とした一団が、領主館へ向けてゆっくりと進んでくるのが見える。

あの馬車には父と兄、そして姉が乗っているはずだ。

今日は僕がデゼルトの町にやってきてちょうど七年目となる。

二年ほど前からこの日はエリモス領の祝日とされ、盛大な祭りが開かれるようになっていた。

音頭《おんど》を取ったのは大工の棟梁《とうりょう》とニーナだと聞いている。

そして僕はこの記念すべき日に来て欲しいと、親と兄姉に招待状を送ったのである。

父への招待状には『孫の顔が見たければ、必ず兄と姉を連れてくること』という一文をつけ加えた。ちなみにこのアイデアはヘレンのものである。

ヘレンが男の子を産んだのは二カ月ほど前。彼女に似て可愛らしい息子に僕はエストと名づけた。

エスト＝リュエール。

この地域の言葉で『未来』を表すその名前は、エリモス領の未来を託す跡継ぎへの期待が込められている。

徐々に近寄ってくる馬車の窓から兄と姉の姿が見えた。二人とも馬車の外に広がる景色と、歓迎の声を上げる民衆に驚いているのが手に取るようにわかる。

七年前、同じ道を僕が馬車でやってきた時。

おそらく今の彼らが感じていることと真逆な感想を持って、僕は領主館へ向かった。

水源は涸れ、数少ない住民たちの顔には喜びも希望もなく、ただこの町が消えていくのを見ていることしかできないと、誰もが思っていた。

短いようで長い七年間を思い出し、僕は空を見上げた。遥か上空に黒い影が見える。

あれはきっとセーニャだ。初めて会った時は力の制御ができなくなることを恐れていた彼女も、今では依《よ》り代《しろ》状態であれば近くの町や村へ出向くことができるまでになっていた。

二年前から始めた天候操作訓練のたまものである。

もちろん今日は雨を降らせることはないが、彼女も今日の宴の招待客だ。

領主館を振り返ると、中庭ではルゴスと彼の弟子たち、そしてドワーフが宴の会場作りをしているのが目に入る。

といってももうほとんど舞台は出来上がっていて、会場の端っこでは既に酒盛りが始まっているようだ。

その中心になって酒を飲んでいるのは大エルフのヒューレとドワーフのビアードさんだ。

「しょうがないな、あの二人は」

僕は小さく溜息をつく。

だけど二人のことを注意する者は誰もいない。

なぜならあの二人がエリモス領の発展に多大な功績を残した者たちだと誰もが知っているからである。

そんな二人のそばで宴に出すお茶の準備をしているのはラファムとモーティナ師匠の親子だ。

彼女たちはこの日のために新作のブレンド紅茶を用意してくれた。

その紅茶に合わせた最高のお菓子は、ポーヴァルと彼の弟子、そして料理教室に通う人たちの共作と聞いている。できれば今すぐそのお茶を飲んで、お菓子を堪能《たんのう》したいものだが、本番まではダメだとラファムにきっぱりと断られてしまった。

視線を更に移動させる。そこには二体の魔獣、フィーミアとシーヴァが数人の子供たちと遊んでいる姿が見える。ふわふわのフィーミアの上で四人の子供たちが飛び跳ね、完全に犬にしか見えないシーヴァは小さな女の子にお腹を撫でられご満悦だ。

子供たちを見守っている赤毛の少女は宿屋の娘のベルジュだ。

幼かった彼女も去年成人の儀を終え、今では立派な宿屋の看板娘になっている。

その横では、両腕に子供たちをぶら下げたロハゴスがぎこちない笑みを浮かべて子守を手伝っている。

本来なら宴の警備をしていなければならない立場のはずだが、今日はセーニャが片手間に全体の警備もしてくれるというので任せることにし、いつの間にか子供たちの人気者になっていたロハゴスに、ちょうどいいと子供たちの世話を頼んだのだ。

そしてそんな彼らの向こうでは、今日も変わらずデルポーンが馬たちの世話をしている姿が目に入る。彼にとっては宴よりも馬たちが騒ぎで体調を崩さないかどうかの方が大事なのだろう。

「さて、そろそろかな」

僕はもう一度振り返り、馬車の行列が領主館の坂の下まで来ていることを確認してから、館の入り口に立つバトレルに向けて大きく手を振った。

これで父たちがたどり着くまでにはヘレンとバタラがエストを連れてやってくるはずだ。

僕はもう一度振り返ると眼下に広がる緑と水が溢れる町を見下ろす。

この町と、そこに溢れる人々の笑顔は幻なんかじゃない。

この笑顔と町を僕はこの先もずっと守り抜いていかなきゃならない。

その責任の重さに時々挫けそうになることもある。

けれどそのたびに思い出すのだ。

水しか出せない【コップ】が、誰かの笑顔を取り戻すことができたあの日のことを。

そして僕は決して自分一人の力で困難を解決してきたわけじゃないことを。

僕は手の中に【コップ】を出現させると、その中に水を生み出す。

全てはこの神具を授かったことから始まった。

なら、新たな時代への幕開けも【コップ】と共に始めよう。

「乾杯！」

僕は一人、天に向けて【聖杯】をかざすとそう呟き、溢れそうな水を一気に飲み干したのだった。


〈了〉

月が導く異世界道中
Tsukiga Michibiku Isekai Dochu
あずみ圭
Azumi Kei
1~17
8.5
シリーズ累計200万部突破の超人気作!(電子含む)
TVアニメ第2期
制作決定!!
月が導く異世界道中
あずみ圭
薄幸系男子の成り上がりファンタジー、開幕!
なんでだろう親の都合で異世界へ
読者賞受賞作!
待望の書籍化!
異世界へと召喚された平凡な高校生、深澄真。彼は女神に「顔が不細工」と罵られ、問答無用で最果ての荒野に飛ばされてしまう。人の温もりを求めて彷徨う真だが、仲間になった美女達は、元竜と元蜘蛛!? とことん不運、されどチート な真の異世界珍道中が始まった!
月が導く異世界道中
1
あずみ圭
木野コトラ
とことん不運、されどチート!!
29万部
2期までに
原作シリーズもチェック!
●各定価:1320円(10%税込)
●illustration:マツモトミツアキ
1~17巻好評発売中!!
漫画:木野コトラ
●各定価:748円(10%税込)●B6判
コミックス1~9巻好評発売中!!

この作品に対する皆様のご意見・ご感想をお待ちしております。

おハガキ・お手紙は以下の宛先にお送りください。

【宛先】

〒150-6008 東京都渋谷区恵比寿4-20-3 恵比寿ガーデンプレイスタワー 8F
（株）アルファポリス　書籍感想係

メールフォームでのご意見・ご感想は右のＱＲコードから、
あるいは以下のワードで検索をかけてください。

アルファポリス　書籍の感想　検索

ご感想はこちらから

本書はWebサイト「アルファポリス」（https://www.alphapolis.co.jp/）に投稿されたものを、改題・改稿、加筆のうえ、書籍化したものです。

水《みず》しか出《で》ない神具《しんぐ》【コップ】を授《さず》かった僕《ぼく》は、
不毛《ふもう》の領地《りょうち》で好《す》きに生《い》きる事《こと》にしました4

長尾《ながお》 隆生《たかお》

2021年10月31日初版発行

編集－和多萌子・藤井秀樹・宮田可南子
編集長－太田鉄平
発行者－梶本雄介
発行所－株式会社アルファポリス
〒150-6008 東京都渋谷区恵比寿4-20-3 恵比寿ガーデンプレイスタワー8F
TEL 03-6277-1601（営業）　03-6277-1602（編集）
URL https://www.alphapolis.co.jp/
発売元－株式会社星雲社（共同出版社・流通責任出版社）
〒112-0005 東京都文京区水道1-3-30
TEL 03-3868-3275
装丁・本文イラスト－もきゅ
装丁デザイン－AFTERGLOW
印刷－中央精版印刷株式会社

価格はカバーに表示されてあります。

落丁乱丁の場合はアルファポリスまでご連絡ください。

送料は小社負担でお取り替えします。


ISBN978-4-434-29552-2 C0093